W0292132

Collection
"LIV'en poche"

Du même auteur,
dans la même collection

Le Rendez-vous de la Korrigane
Les Noyés de l'Arz
La Maison au bord de la falaise
La Femme rousse du dolmen
Le Pêcheur de l'île aux Pies
Un Festival meurtrier
La Morsure du serpent
Le Sorcier de Vannes

© 1999 - LIV'ÉDITIONS
La loi du 11 mars 1957 n'autorise, aux termes des alinéas 2 et 3 de l'article 41, que « les copies ou reproductions strictement réservées à l'usage privé du copiste et non destinées à utilisation collective » et « les analyses et courtes citations, sous réserve que soient indiqués clairement le nom de l'auteur et la source ».
N° I.S.B.N. : 2-910781-85-2
N° I.S.S.N. : 1281-6175

Gabriel Vinet

Le Pêcheur de l'île aux Pies

LIV'ÉDITIONS
Carrefour du livre
20, rue de Portz-en-Haie
56320 LE FAOUËT

Même si la plupart des lieux décrits sont bien réels, ce livre est un roman.

Quant aux diverses recherches et expériences réalisées par le personnage principal, elles ne bénéficient d'aucune garantie scientifique ou médicale.

Enfin toute ressemblance avec des personnes existant ou ayant existé ne serait qu'une très fâcheuse coïncidence.

G.V.

Il y a trois choses qui sont au-dessus de ma portée, même quatre que je ne puis comprendre : la trace de l'aigle dans les cieux, la trace du serpent sur le rocher, la trace du navire au milieu de la mer, et la trace de l'homme chez la femme.

La Bible – proverbes.

À mes amis Touaregs qui m'ont accueilli un jour sous leur tente au milieu de leur désert de sable et de pierre.

CHAPITRE PREMIER

Viviant prit une aiguille et se piqua légèrement un doigt. Il laissa couler quelques gouttes de sang sur la lame de verre. Puis il y ajouta une infime quantité d'un liquide trouble contenu dans une éprouvette. Il glissa alors la lame sur la plage du microscope et se mit à observer.

Les Touaregs ne lui avaient pas menti. La substance dévorait bien le sang.

— Attention Sidi ! Attention ! Cette plante est dangereuse. N'y touche pas ! C'est une « mangeuse de sang ».

Viviant se rappelait parfaitement les paroles de mise en garde que lui avaient lancées ses amis touaregs, lorsqu'ils l'avaient vu s'approcher du petit buisson de cactus, au bord de la piste, à deux pas du bivouac sommairement installé pour la nuit.

Aujourd'hui il comprenait leur crainte. En moins de deux minutes les globules avaient perdu la bataille. Rouge, puis rose, le sang était devenu presque incolore. Un liquide bizarre. À analyser avec précaution. La métamorphose avait été brutale.

En amateur passionné qu'il était de la grande famille des cactées, Viviant était passé outre aux recommandations de ses amis de Tinfou, au sud de Zagora. Cette espèce particulière poussant au milieu du désert saharien lui était totalement inconnue. Elle manquait à sa collection.

Et, en plus, elle était belle. Il n'avait pu résister. Il en avait rapporté plusieurs exemplaires. Déplorant son obstination, les Touaregs l'avaient finalement laissé faire. Cependant, ils ne lui avaient pas ménagé les avertissements ni l'expression de leur désapprobation.

Aujourd'hui, tranquillement assis dans son laboratoire, l'œil rivé à l'oculaire du microscope, Viviant exultait. *Quel dommage de n'avoir pas rapporté davantage de sujets !* pensait-il. Il faudrait qu'il prenne soin et surveille attentivement la végétation et la bonne croissance des quatre qui lui restaient. Cette cactée mystérieuse « mangeuse de sang » devenait précieuse. Et plus encore, il devrait ne pas gaspiller le suc qu'il en récoltait, s'il voulait procéder à un nombre suffisant d'expériences.

— Qu'il serait intéressant, murmura-t-il, d'inoculer quelques gouttes dans une veine ! Très intéressant !

Et en disant cela, un sourire sardonique et presque de victoire se dessinait sur ses lèvres. Ses yeux brillaient d'étrange manière.

C'est alors que le petit cochon d'Inde, voulant attirer l'attention, se mit à gratter au grillage de sa cage placée dans un coin du laboratoire.

— Et toi, le marmot, qu'en penses-tu ?

interrogea Viviant. Si je mettais quelques gouttes de cette sève délectable de l'épineux saharien dans ton abreuvoir ? Qui sait, tu aimerais peut-être ? Veux-tu goûter ?

Joignant le geste à la parole, Viviant, prenant l'éprouvette, alla verser une goutte dans la boisson du cobaye. Celui-ci vint aussitôt tremper ses moustaches dans le récipient. Complaisant, il but plusieurs gorgées, avant de retourner sagement se coucher sur sa litière. Il y resta étendu. Viviant l'observait avec une vive curiosité et passa rapidement de l'étonnement à l'ahurissement. À peine deux minutes plus tard, le petit cochon d'Inde s'étirait doucement et mourait, sans émettre un seul cri de protestation.

Alors le bourreau ouvrit un tiroir, en sortit toute une panoplie de scalpels, puis enfila une fine paire de gants de chirurgie, et se mit en devoir de pratiquer l'autopsie de l'innocent animal. Ensuite il entreprendrait la vivisection et les analyses.

— Mort au champ d'honneur de la science ! dit Viviant, en commençant, avec une réelle satisfaction, son implacable besogne. Quelles mystérieuses vertus caches-tu donc, divin cactus ? « Mangeuse de sang. »

*

* *

Viviant pensait que celui qui avait découvert le premier le pouvoir magique du pavot d'Orient avait sans doute dû, lui aussi, connaître un état d'exaltation semblable au sien en cet instant.

Et il avait dû en être de même pour la

découverte de la digitaline, poison violent engendré par une grappe de jolies fleurs champêtres. L'enthousiasme de celui qui avait percé le secret du coca avait-il été moindre ?

Toute découverte est exaltante. Et encore davantage lorsqu'elle se produit d'une façon inopinée – ce qui est très souvent le cas.

Les plantes ne livrent pas facilement leurs secrets. Jalousement gardés, ils ne leur échappent que de façon accidentelle, comme par mégarde, étourderie. Elles se méfient des hommes qui ont souvent mauvaise conduite à leur égard. Ils les malmènent, les triturent, les torturent, les réduisent en poudre, les transforment en liquides, en cachets, en piqûres.

Mais il y a loin de la simple découverte d'une propriété végétale particulière à la mise au point d'un extrait utilisable par l'homme à des fins qui ne sont pas forcément recommandables. Il a fallu des années pour que les capsules du pavot deviennent opium, morphine, héroïne, pour que des feuilles d'un arbuste du Pérou, le coca, sorte la cocaïne. Des années pour que des milliers d'hommes deviennent esclaves de la drogue extraite de ces plantes innocentes.

Ce n'était pas, non plus, la première fois qu'un cactus faisait parler de lui. Une substance hallucinogène, la mescaline, est tirée d'un cactus mexicain. Viviant n'était qu'au début de ses peines. Il le savait. Il venait tout juste de prendre conscience du pouvoir, encore inexplicable, d'une cactée saharienne. Ce n'était d'ailleurs pas tout à fait une découverte, puisqu'une poignée de Touaregs, nomades du désert, en avaient percé le mystère bien avant lui, depuis des générations sans doute, même si c'était d'une manière confuse, empirique, sous forme de danger.

Mais c'est à lui, Viviant, qu'en reviendrait finalement tout le mérite, s'il parvenait à mettre en évidence, à analyser, à exploiter les propriétés si particulières de la cactée recueillie un jour au pied des dunes du Sahara.

CHAPITRE II

Viviant était un personnage. « Personnage », tel est le mot que l'on emploie volontiers pour définir quelqu'un qui sort de l'ordinaire, quelqu'un hors normes, qui émerge du lot, que l'on remarque d'emblée au milieu de la foule anonyme des hommes aux caractères sans relief, sans véritable personnalité. Il est évident qu'un tel sujet d'exception s'expose à être, sans cesse, la cible de flèches multiples, tirées d'horizons les plus divers, flatteuses ou jalouses, imbéciles ou assassines. C'était le cas pour Viviant. Excessif presque en tout. Perpétuel insatisfait. Une ambition démesurée. Une intelligence supérieure, mais diabolique. La volonté affichée d'être, à toute force, le premier, le meilleur. Ajoutons à cela un manque total de scrupules quand il s'agit d'arriver à ses fins, que celles-ci, d'ailleurs, soient professionnelles, ou privées et amoureuses.

Au registre des femmes, disons qu'il ne dédaignait pas de jouer avec plusieurs en même temps, même s'il n'y en avait qu'une seule d'élue officiellement. Il ignorait le sens du mot fidélité. Avec leurs ailes veloutées, les papillons de jour, les papillons de nuit se contentent-ils de caresser une seule fleur durant une journée entière ? L'amour avec un grand A, exclusif, éternel, existe-t-il vraiment ? Viviant n'en était nullement persuadé. Les femmes lui étaient nécessaires, leur présence indispensable, et dans le même temps difficiles à vivre, lui devenant rapidement insupportables... en dehors du lit. Dieu n'avait-il pas créé la femme pour le plaisir d'Adam qui, seul dans son paradis terrestre, s'ennuyait fort ? Mais les conditions dans lesquelles avait été faite cette création, en quelque sorte subsidiaire, étaient sujettes à caution. Avec une côte d'Adam ? Viviant n'hésitait pas à remonter jusqu'à la Genèse pour justifier son idéologie machiste, ses attitudes phallocrates. À tout autre livre de sagesse, il préférait le Coran, qui autorise un homme à posséder plusieurs épouses. C'est peut-être l'une des raisons inavouées qui le faisait aimer autant le Maroc et les Touaregs.

Alors sacrifier une femme, de façon radicale, pour faire avancer ses travaux de recherche, était-ce commettre un crime ?

Chimiste, biologiste, chercheur, Viviant avait été pendant vingt ans le brillant directeur des recherches des laboratoires pharmaceutiques Médipha. Et puis, un certain jour d'été, l'heure de la retraite avait sonné. Viviant venait de passer le cap fatidique des soixante ans. Les laboratoires Médipha avaient dressé la table des adieux dans le grand salon d'honneur.

Les allocutions, obligées en pareille circonstance, avaient retracé toutes les étapes d'une longue collaboration, en tous points exemplaire. Des allocutions ampoulées, cousues de mots flatteurs et merveilleux, jusqu'à ce jour bien rarement entendus par Viviant : intelligence, valeur, mérite, reconnaissance, etc., etc. Et tous ces beaux discours élogieux et pleins d'artifices se terminaient par la même formule stéréotypée : bonne, longue, heureuse retraite. Pour un peu, un étourdi aurait cru bon d'ajouter... éternelle.

Viviant avait écouté, impassible, cette litanie de louanges, l'esprit nettement au-delà. Intérieurement, il s'était fort amusé à regarder tous ces gens rassemblés autour de lui, en principe en son honneur, et qui manifestement n'écoutaient rien de ces balivernes inutiles, tant ils étaient occupés à détailler la grande table parée de fleurs, et à choisir avec les yeux, dans les plateaux de petits fours et d'amuse-gueule, ceux qu'ils prendraient en premier. Il faudrait faire vite pour ceux au caviar, il n'y en aurait peut-être pas pour tous. En fait, tout ce beau monde n'attendait que le signal pour la curée. Et on avait trinqué... trinqué... trinqué au champagne, chacun laissant sa petite dose d'hypocrisie en dépôt au fond de sa coupe. C'est le jeu très ordinaire de toute société de haute distinction. *Bande d'imbéciles !* n'avait pu s'empêcher de penser Viviant. *Les singes sont plus honnêtes que vous. Au moins eux ne se forcent pas pour faire des grimaces...*

Mais Viviant savait tout ça d'avance. Comme il connaissait de longue date la sentence des laboratoires Médipha : retraite obligatoire à soixante ans. Renouvellement des cerveaux. « Monsieur Viviant, vous avez bien travaillé... Nous vous en sommes très reconnaissants... Le temps est venu de vous reposer... » Se reposer, lui ? Décrocher, abdiquer, abandonner ? Autant de mots qu'il se refusait à entendre et à admettre. Alors depuis longtemps il s'était secrètement préparé une sortie qui serait loin d'être sans intérêt pour lui. Médipha ne voulait plus de lui ? Trop vieux ? Eh bien, il allait travailler seul !

Il avait comme adjoint, depuis six ans, une femme d'une réelle compétence, qu'il avait choisie lui-même et formée à ses méthodes quelquefois assez particulières. La succession était donc assurée. Cette femme, Katia Volkof, était de quatorze ans sa cadette. Elle avait été très naturellement sa maîtresse. C'était là, parmi quelques autres, l'une des conditions pour accéder au poste à pourvoir à son départ en retraite.

Katia Volkof et André Viviant avaient en commun une ambition immodérée, et un sens moral plus que tolérant. Être la maîtresse de Viviant, par exemple, était considéré par Katia comme une simple formalité, une sorte d'exercice nécessaire. Inutile d'y mettre le moindre sentiment. Elle pensait qu'après tout ce pensum infligé par le maître, et pratiqué à intervalles plus ou moins réguliers, entretenait le bon fonctionnement de ses organes sexuels. Elle ne s'en offusquait pas, puisque la suite de sa carrière était à ce prix. Katia ne mettait à ces rapports très intimes avec son supérieur direct aucune fantaisie. Mais elle avait tout de même assez d'intelligence pour s'y livrer avec un élan suffisant, pour laisser croire à son amant qu'il lui procurait une grande jouissance.

Viviant en était-il dupe ? C'était peu probable. Toutefois il semblait s'en contenter. Pour Katia c'était l'essentiel. Viviant parti à la retraite, elle directrice des recherches, il n'y aurait plus aucune raison de continuer à entretenir de telles relations entre eux. Un point final serait mis. La page tournée. Définitivement.

En tout cas, Viviant marchanda son départ à Katia Volkof, n'hésitant pas à faire allusion à certains faits anciens qui seraient très gênants pour l'ambitieuse Katia, s'ils étaient dévoilés. L'ascension de cette dernière avait paru à plusieurs un peu trop rapide, et provoqué bien des jalousies. Mieux valait donc s'entendre entre gens de bonne compagnie. Katia se plia aux exigences de son amant et joua le jeu.

Viviant prétendait, à quelques semaines de la retraite, être sur le chemin d'une découverte extrêmement intéressante et importante. Rien de moins qu'un nouvel agent anesthésique, qui changerait radicalement les méthodes employées jusqu'ici, tant celles par inhalation de gaz, que celles par injection intraveineuse de barbituriques associés à la procaïne, aux curares et aux neuroleptiques. Bref, une méthode nouvelle plus efficace, plus pratique, plus souple que tout ce qui existait. Et moins barbare. Un agent anesthésique qui assurerait des réveils plus agréables pour le patient et ne laisserait aucune trace dans l'organisme. En somme le rêve de tous les anesthésistes du monde qui encaissent souvent à tort la responsabilité d'erreurs chirurgicales. Une belle commercialisation en perspective.

Viviant estimait qu'il lui faudrait de six mois à un an pour parvenir à la mise au point à peu près définitive du produit. Que demandait-il ? La possibilité de pouvoir continuer les recherches tranquillement chez lui. Il avait, au sous-sol de sa maison de Bretagne, une pièce qui convenait parfaitement pour l'installation d'un laboratoire. Il demandait simplement qu'on lui fournisse les appareils, équipements, ainsi que les produits nécessaires à ses recherches. Il en avait dressé la liste. Le total n'était pas exorbitant. Les laboratoires Médipha pouvaient aisément faire la dépense, d'autant que tout le matériel restait leur entière propriété, et qu'ils pourraient le récupérer par la suite. Viviant, de plus, ne demandait aucun salaire, pas d'honoraires, seulement un pourcentage de 10 % sur les ventes de « son » produit. L'opération ne pouvait donc qu'apparaître comme un bon investissement.

Katia Volkof avait jugé que les exigences de Viviant étaient très acceptables. De toute façon, elle n'était pas en position pour les contrecarrer. Elle n'avait guère le choix. Surtout, elle voyait son amant rendu à cinq cents kilomètres de Paris. À elle la liberté ! Complice de Viviant, elle soutiendrait le projet au prochain conseil d'administration. Dès qu'on annonce à ces messieurs des espérances d'une augmentation substantielle des bénéfices, les crédits d'investissement s'obtiennent généralement avec une facilité déconcertante.

Le conseil d'administration avait accepté

d'autant plus facilement que les laboratoires Médipha étaient redevables à Viviant d'un développement important de leur chiffre d'affaires. Le directeur des recherches avait, en vingt ans, mis au point un grand nombre de médicaments nouveaux, et cela avec l'aide de Katia Volkof les dernières années. Il n'y avait aucune raison de refuser. Au contraire, Viviant fut chaudement félicité. Au fond de lui-même, celui-ci n'en attendait pas moins.

C'est donc ainsi qu'un laboratoire, équipé de la façon la plus moderne, avait été installé dans la maison de Galixt-sur-Aff, par des ouvriers venus spécialement de Paris et desquels Viviant avait exigé la plus grande discrétion. Si bien que dans le pays personne n'était au courant. Enfin, Viviant possédait seul la clef de cette pièce du sous-sol.

Il pouvait se livrer à ses recherches en toute tranquillité. Il serait plus exact de dire en toute impunité. La maison était un peu à l'écart de la petite ville de Galixt-sur-Aff. Des travaux d'aménagement l'avaient rendue confortable. La situation au bord de la rivière était très agréable. Les grands arbres du parc avaient de l'allure et du charme. L'endroit plaisait au Parisien.

Enfin, dans cette maison spacieuse et très bien éclairée, Viviant pouvait laisser libre cours à l'une de ses passions : les cactées. Toutes sortes de cactées. Il y en avait derrière chaque fenêtre. Ici, dans un vieux chaudron de cuivre, rempli de terre, un *Stapelia hirsuta* fièrement dressé, tel un minaret, allait bientôt atteindre le plafond. Là, près d'une autre fenêtre, dans une grande vasque, un groupe d'*Euphorbia*. À proximité d'une troisième baie, des cactées réunies pour leurs formes arrondies, tels des dômes d'église. De fenêtre en fenêtre, de pièce en pièce, la collection imposante variait, avec toujours cette volonté de réaliser, chaque fois, une scène différente.

*
* *

Durant les six premiers mois de sa retraite bretonne, Viviant s'était mis au travail d'arrache-pied pour terminer la mise au point de son agent anesthésique. Il était si fier du résultat obtenu qu'en le présentant aux laboratoires Médipha, il avait demandé qu'on le baptise Viviaphorme. Ceux-ci l'avaient, une fois de plus, chaleureusement félicité et faisaient le nécessaire pour l'homologation officielle, toujours longue en pareil cas. Beaucoup trop longue, pensait Viviant, mais il fallait passer par là et subir une attente de plusieurs années.

Il avait donc rempli son contrat, tenu ses promesses. Et surtout il avait obtenu de la chère Katia Volkof qu'on oublie, pour un certain temps encore, de venir récupérer le matériel mis à sa disposition.

Il méritait bien ça. Sa femme était morte très peu de temps après, le laissant seul et désemparé dans cette petite propriété bretonne, éloigné de Paris, entouré de gens qu'il connaissait à peine, n'étant depuis son arrivée au pays sorti que très rarement. Alors il avait éprouvé le besoin impérieux de changer d'air, d'horizon, d'idée. Il était parti au Maroc, un pays qu'il aimait pour le dépaysement quasi magique qu'il lui offrait à chaque fois.

Après seulement quelques jours de voyage, le temps de traverser l'Espagne, le fait de se retrouver sur la terre d'Afrique, à la recherche de mirages, exerçait sur lui une griserie inexplicable... Son itinéraire, son programme étaient fixés d'avance, presque d'instinct... S'arrêter à El Jadida, descendre une fois de plus à la citerne portugaise, chère à Orson Welles... Pousser une pointe jusqu'aux dunes de sable rose près du cap Sim qui ont servi de décor à tant de films mettant en scène des chevauchées fantastiques... Longer les remparts d'Essaouira, l'ancienne Mogador, et pénétrer dans les casemates de la Sqala chez les artisans en marqueterie pour admirer l'art du bois travaillé et sculpté, la beauté des objets réalisés en racine de thuya... Longer la côte océane, aux plages longues, admirables, ou petites, presque intimes, se succédant jusqu'à Agadir... S'arrêter au bord de la route pour admirer l'agilité des chèvres noires grimpées jusqu'au sommet des arganiers... Beaucoup plus loin, après les forêts des grands cèdres de l'Atlas, en descendant vers Ouarzazate, s'approcher à quelques mètres seulement des nids de cigognes, à la Kasbah de Tifoultoute... Devoir s'arrêter, en pleine ligne droite, pour laisser passer un troupeau de dromadaires qui traversent à pas lents, juste devant le capot de la voiture, en vous jetant un regard de dédain... Que viens-tu faire chez nous, chien blanc infidèle ? Tout le long de la route autant de scènes successives qui repoussent loin... très loin en arrière de prétendus soucis d'homme civilisé, autant de scènes qui font oublier les tracas ordinaires, les habitudes stupides d'un quotidien le plus souvent sans éclat, ou médiocre, ou mesquin... Enfin se retrouver plongé au fond des médinas secrètes, flânant dans les souks pittoresques, parmi une foule bruyante et haute en couleur... Tout cela n'était-il pas extraordinaire ? Un autre univers. D'autres mœurs. Un autre temps.

Au cours de ce voyage de deux mois, s'enfonçant plein sud, bien au-delà du Tafilalet, jusqu'aux portes du désert, des Touaregs lui avaient proposé plusieurs randonnées à dos de chameau. Il avait eu ainsi un avant-goût de ce que pouvait être une véritable méharée saharienne. C'est au cours d'une expédition, un peu plus poussée que les autres, et d'une dizaine de jours, à travers les ergs désertiques jusqu'à de maigres oasis, qu'il avait découvert la fameuse « mangeuse de sang ».

*
* *

De retour en Bretagne, dans sa maison au bord de l'eau, il s'était remis au travail avec ardeur, passant la majeure partie de son temps enfermé dans son laboratoire, ne sortant que pour les courses indispensables, et de temps à autre pour quelques promenades en barque jusqu'à l'île aux Pies. Percer tous les secrets de la cactée rapportée du désert, rencontrée de façon imprévue, providentielle, était devenu sa grande passion. Il avait conscience de posséder un sujet d'expériences et d'étude hors du commun. Cette cactée au pouvoir mystérieux lui apporterait la célébrité. Il réussirait. Il n'en doutait pas.

Mais il n'avait plus suffisamment d'années devant lui pour poursuivre ses travaux en respectant les règles déontologiques qu'il jugeait, d'ailleurs, établies d'une manière toute conventionnelle et dont il avait toujours plus ou moins contesté le bien-fondé et la valeur.

Bref ! Le mot *éthique* était désormais banni de son vocabulaire.

Si les journées passaient vite, absorbé qu'il était dans son laboratoire, en revanche, lorsqu'il remontait dans les pièces de la maison, les soirées étaient longues et tristes. Il n'avait pu supporter longtemps la solitude, l'absence de femme. Huit mois après la mort de sa première épouse, il s'était remarié.

Dans les petits bourgs de nos campagnes bretonnes, restées fort croyantes, pétries de traditions séculaires, un remplacement aussi rapide est jugé choquant, pour ne pas dire immoral. « Vous vous rendez compte, il n'attend même pas la fin du deuil… » Viviant entendait, mais il considérait qu'il ne fallait pas laisser trop longtemps une place vide… surtout au creux d'un lit. Le démon de midi l'avait emporté.

*
* *

Mais quand cette deuxième femme – oh fatalité ! – meurt six mois après le mariage, les conversations s'animent dans les villages. Les bruits les plus fous circulent. Le cœur de la petite cité a des palpitations inquiétantes. Viviant s'accroche, fait face, veut ignorer les rumeurs. Ses recherches sur la cactée des Touaregs de Tinfou approchent du but. Il ne peut plus abandonner la partie. Il doit poursuivre coûte que coûte. Il va triompher.

*
* *

Lorsque Viviant, toujours poursuivi par le démon de la chair, se remarie encore un an plus tard et que sa troisième femme suit, dans un laps de temps très court, le même chemin éternel que celui déjà emprunté par ses devancières, il lui devient pénible de soutenir certains regards qui accusent. Il se trouve des habitants du pays, surtout des femmes, qui en l'apercevant de loin changent de trottoir et se signent discrètement.

Cet homme porte malheur. Les forces du mal rôdent autour de lui. Il a un pacte avec le diable. Cet homme venu d'ailleurs n'est pas de leur race. Il faut qu'il quitte le pays.

Chapitre III

L'île aux Pies est en Bretagne. Étant donné son nom, on serait tenté de la situer dans le golfe du Morbihan, parmi celles, petites, nombreuses, qui donnent charme et caractère à cette région privilégiée et singulière. En effet, dans le Golfe, outre l'île d'Arz et l'île aux Moines, qui sont les deux principales, on trouve bien l'île de la Jument, l'île aux Œufs, l'île du Coq, alors pourquoi pas l'île aux Pies ? Non, elle ne figure pas parmi toute cette belle pléiade. Ne la cherchez pas, non plus, à quelques encablures de la côte bretonne, entre l'île d'Houat, de Hoëdic et Belle-Île-en-Mer.

L'île aux Pies pousse l'originalité jusqu'à se situer à l'intérieur des terres. Touristes affamés de curiosités, lorsque vous prenez la route qui va de Redon à la forêt de Paimpont, la Brocéliande de Merlin l'Enchanteur, vous verrez sur votre gauche la pancarte indiquant la direction à prendre pour se rendre à cette île minuscule. Un détour de quelques kilomètres qui enchantera tous les amoureux de la nature.

L'île est au confluent de deux rivières, l'Oust et l'Aff, et fait partie de ce qu'en Bretagne il est convenu d'appeler le pays Gallo. Située dans un cadre remarquable, l'île est peuplée d'arbres. Et les pies, à chaque printemps, aiment y venir faire leurs nids. À proximité s'étendent de nombreux marais, refuges des hérons cendrés, canards, sarcelles, poules d'eau, etc. Un lieu reposant, un site merveilleux, comme la Bretagne sait encore en cacher quelques-uns.

L'île aux Pies n'a, à proprement parler, rien à voir avec les faits qui vont être racontés. Mais c'est là, au bord de l'eau, assis sur un pliant, et tenant une gaule à la main, que Viviant venait souvent taquiner gardons, ablettes, et même reines truites.

À voir ce pêcheur aux cheveux gris, tout absorbé à surveiller le bouchon de sa ligne, les touristes pensaient, sans nul doute, qu'il s'agissait de l'un de ces paisibles retraités qui ont bien de la chance de passer leur temps à d'aussi agréables loisirs.

En fait, Viviant s'efforçait de donner une telle image dans le pays. Il avait grand besoin de redorer son blason. Apparaître tantôt pêcheur, comme aujourd'hui, tantôt jardinier s'occupant des massifs de fleurs dans son jardin.

Le soleil baissait au-dessus des marais. Viviant commença à relever ses lignes, à plier ses gaules et à ranger son matériel de pêche dans un panier de pique-nique qu'il avait aménagé lui-même, à son idée, c'est-à-dire avec minutie. Chaque chose avait sa place, avait sa case, dans des casiers sur mesure et des tiroirs superposés : les hameçons de différentes catégories, les plombs de tous calibres, les leurres, les bouchons, les lignes... enfin tout l'attirail du parfait pêcheur amateur, un tantinet maniaque. Il n'aimait pas ces espèces de caisses toutes prêtes, vendues dans le commerce, et qui servent également de siège, obligeant à lever les fesses toutes les cinq minutes pour chercher la moindre bricole. Lui avait un siège pour s'asseoir et à côté tous ses casiers à portée de main.

Il rangea les gaules dans la barque amarrée au pied d'un bouleau, juste au bord de la rive, et y plaça le pliant et le panier. Ensuite il revint à son trou de pêche et retira la bourriche de l'eau, la souleva à hauteur des yeux. Aujourd'hui la pêche n'était pas miraculeuse, ni des meilleures, mais ce soir il pourrait tout de même allumer le barbecue et s'offrir une belle grillée de gardons et d'ablettes.

Un dernier regard circulaire pour vérifier s'il n'oubliait rien et il monta dans la barque. Un coup de gaffe et il se trouva pris dans le courant. D'un coup sec, il tira sur la corde du démarreur. Le moteur partit au quart de tour.

Il s'assit sur le banc, à l'arrière, une main sur la poignée des gaz qui faisait gouvernail. Une accélération et la barque, l'avant légèrement dressé hors de l'eau, commença à tracer son sillon dans la rivière. À son approche, les poules d'eau s'enfuyaient dans les roseaux. Dans une demi-heure, après avoir traversé les marais et longé Glénac, il accosterait au ponton de sa maison située à Galixt-sur-Aff, avant les déversoirs du vieux moulin. Ce n'est pas qu'il trouvait un bien grand intérêt à la pêche, mais il fallait tenir le coup. Ne pas montrer qu'il avait peur de certaines rumeurs que des gens « bien intentionnés » s'arrangeaient à lui colporter jusqu'aux oreilles. Rester, c'était en quelque sorte montrer qu'il était innocent.

En fait, dans le pays, on n'avait finalement à peu près bien accepté que la mort de sa première femme. Elle était originaire du pays Gallo. Une vraie Bretonne. Lui, le Parisien, restait et resterait toujours un étranger. C'est ainsi. Et puis, sa femme était morte d'une maladie reconnue, enregistrée, officielle : un cancer. Un peu trop vite peut-être. Le médecin, venu constater le décès, lui avait décoché un regard de suspicion, au moment de délivrer le permis d'inhumer. Un regard qui sous-entendait : euthanasie. Mais le médecin avait eu la pudeur de ne pas prononcer le mot.

— Elle aurait dû vivre encore plusieurs mois, s'était-il contenté de dire pour signifier qu'il n'était pas dupe.

— Peut-être bien, avait répondu Viviant. Mais, docteur, vous savez, elle commençait à souffrir sérieusement. Vos médicaments ne faisaient plus guère d'effet. Mieux vaut qu'elle soit partie...

Le médecin n'avait pas insisté. À quoi bon déclencher un scandale ? La malade était condamnée. À quelques mois près... Cependant il avait quitté le chevet de la morte la conscience mal à l'aise. C'était la première fois qu'il était confronté à ce problème d'euthanasie. Facile d'en parler, jusqu'au jour où l'on tombe en plein dessus. En plein dedans.

Viviant, lui, n'éprouvait pas ce genre de torture morale. Des regrets, pourquoi ? Il n'avait fait qu'empêcher de souffrir. Quand quelqu'un est condamné à mort, à quoi bon attendre trois ou six mois avant de lui offrir la dernière cigarette ?

*

* *

Viviant approchait de sa maison, venait de passer devant le hameau de La Belle-Anguille. Il ralentit le moteur, laissa la barque glisser lentement. Les clapotis allaient mourir doucement sur les rives.

Il accostait chez lui. Son terrain donnait sur la rivière. Après avoir amarré la barque à un pilier du ponton, il déchargea son matériel de pêche et sa bourriche sur une terrasse basse. Il déverrouilla le moteur, le sortit de l'eau et, s'en saisissant à pleins bras, monta les marches qui conduisaient à la propriété. Par une allée dallée, tracée au milieu de la pelouse et contournant un bosquet de lauriers et une cépée de bouleaux, on accédait à la maison. Il rangea le moteur dans le garage au sous-sol et retourna chercher le reste du matériel et la bourriche de poissons. La maison était séparée de la rivière par ce petit parc d'une cinquantaine de mètres de longueur et soigneusement entretenu. Des parterres et des plates-bandes de fleurs, dessinés par Viviant, donnaient à l'ensemble un certain cachet. Un bassin avec des poissons rouges. À la belle saison, cet endroit apparaissait comme un havre de paix, presque un lieu de rêve.

Et pourtant, que l'envers du décor était inquiétant, l'Eden trompeur ! Il avait interdit à ses femmes successives de parler de son laboratoire, et même d'y faire la moindre allusion. La seule entorse qu'il leur avait tolérée c'était, tout au plus, de dire qu'il faisait, de temps à autre, un peu de photo. Le seul mot *laboratoire* aurait effrayé les gens. On jasait déjà assez comme cela sur son compte. Qu'en serait-il si l'on savait à quelles expériences il se livrait ? Il ne donnerait pas cher de sa peau, s'il avouait que la mort de ses deux dernières femmes avait permis de faire progresser ses recherches de façon considérable. Il avait envie de crier que s'il supprimait quelques vies c'était au nom de la science, pour mettre au point une substance, une composition, un remède qui en sauverait des milliers, alors pouvait-on sérieusement le soupçonner de meurtre, l'accuser d'être un criminel ? Mais pouvait-il crier ça, en pleine rue de Galixt-sur-Aff, aux braves gens du pays, accrochés à leur terre, à leurs traditions ancestrales, à leurs églises et leurs chapelles, belles comme des cathédrales, à leurs calvaires sculptés de tant de scènes bibliques et de sujets naïfs taillés en plein cœur du granit, à leurs fêtes conduites par des bagads et dansées au son des binious et des bombardes ? Pouvait-il crier ça à tous ces braves gens nés entre dolmens et menhirs et se rendant par milliers aux grands pardons ?

Des morts provoquées au nom de la vie ? Paradoxe inexplicable. Il resterait incompris. Pourtant, dès l'instant où la finalité est bonne, l'action qui y conduit ne peut être que bonne elle aussi. N'est-ce pas là la véritable définition de la morale ? « La justification absout. »

Viviant avait basculé, de façon progressive et inconsciente, dans le cynisme le plus total. Mais pour comprendre tout le cheminement de cet homme singulier qui s'enfonce chaque jour davantage dans le crime, il faut revenir, un instant, à l'époque des premières expériences réalisées avec le suc recueilli sur la cactée saharienne. Les premiers résultats avaient surpris Viviant, le biologiste. Jamais dans toute sa carrière de chercheur il n'avait constaté des phénomènes aussi étonnants, enregistré des réactions aussi significatives avec la sève d'une plante. Et cela n'avait fait qu'exciter encore plus sa curiosité. Alors les expériences avaient succédé aux expériences à un rythme sans précédent, les cultures aux cultures. Les pages du grand livre journalier où il consignait les moindres détails de ses travaux se remplissaient à la cadence de trois à quatre par semaine, sans compter les fiches dont le nombre augmentait sans cesse. À intervalles réguliers il faisait le point, l'analyse et la synthèse. Alors, soit il continuait dans la même direction, en empruntant parfois des chemins différents, soit il bifurquait carrément à la suite d'un résultat nouveau, inattendu et prometteur.

Au premier petit cochon d'Inde, victime d'un breuvage empoisonné, avaient succédé une bonne douzaine de ses frères, et quantité de souris blanches. Et, chaque mois, plusieurs flacons soigneusement étiquetés venaient s'ajouter aux autres sur les étagères d'une vitrine spéciale. La vitrine des découvertes.

Un jour Viviant considéra que le temps était venu où il lui était indispensable de passer à la phase supérieure : l'expérimentation humaine. Celle-ci était seule capable de parfaire ses travaux, de les conclure, de lui apporter la victoire, de le conduire à la célébrité.

En abordant cette nouvelle phase, Viviant, par avance, en avait banni tous scrupules. Il n'avait pas le temps.

CHAPITRE IV

Il avait commencé par des doses infimes. Et, les jours suivants, sa deuxième femme, Jeanne Le Bihan, s'était plainte d'une légère indisposition. Rien de plus. Alors Viviant avait augmenté progressivement les quantités. La chose était facile. Sa nouvelle épouse avait l'heureuse habitude de prendre une tisane chaque soir. Et, très courtoisement, c'était lui qui la préparait. Quelques gouttes discrètes n'altéraient pas l'innocent breuvage chargé de faire dormir. Le sixième soir, il avait arrêté le « traitement » pour 48 heures. Il ne fallait rien précipiter. Puis il avait repris sa « médication » en utilisant le contenu d'un nouveau flacon. Les effets se firent sentir au bout de quelques jours. Ils étaient différents de ceux des semaines précédentes. Viviant notait tout sur son grand livre, avec un soin particulier. L'expérience inhumaine, diabolique, se prolongea ainsi durant plus d'un mois, avec des moments de répit. Puis la sixième semaine, les gouttes versées dans la tisane du soir changèrent de nature. Des troubles et des malaises graves firent leur apparition. Plusieurs syncopes se produisirent. L'expérience arrivait à son terme. Il devenait urgent d'appeler un médecin. Mais pas celui venu constater le décès « prématuré » de sa première femme. C'était tout de même préférable. Pourquoi réveiller de fâcheux soupçons ?

Le médecin, un homme d'une soixantaine d'années, pensant bientôt décrocher pour une paisible retraite, ne devait plus tellement suivre les derniers progrès de la médecine. Estimant que sa longue expérience lui suffisait, il se renseigna sur les troubles, hocha la tête, ausculta, palpa, demeura perplexe.

— Je ne comprends pas, finit-il par avouer. Il faut faire une prise de sang. Après, nous verrons sans doute plus clair.

Viviant pensait : *Mon pauvre bonhomme, ça ne donnera rien. Pas même du cholestérol. Mais tu peux toujours essayer si ça te chante.*

Effectivement l'analyse ne mit rien en évidence. Le toubib revint et demanda le transport de la malade dans un hôpital ou une clinique. Solution, dit-il, indispensable en pareil cas. Il fallait procéder à des séries d'analyses, d'examens, et avoir l'avis des spécialistes. Il donna à Viviant le choix entre plusieurs établissements hospitaliers de la région.

Viviant hésita, puis finit par se décider pour une clinique de Vannes. Il aimait cette ville, restée à dimension humaine, et qui garde les marques de la Bretagne de jadis, l'authentique. Et il préférait une clinique, parce qu'il pensait qu'elle serait moins pointilleuse qu'un hôpital, où une troupe de carabins, en mal d'apprendre, suit docilement chaque matin le patron, le pontife, le grand professeur qui s'arrête au pied de chaque lit pour faire l'étalage de sa compétence, en des commentaires sibyllins laissant le malade plongé dans la plus totale incompréhension. Inutile pour ce dernier de poser la moindre question, puisque de toute façon on lui répondra à côté. Viviant éviterait surtout la curiosité malsaine d'un carabin plus intelligent que les autres, qui oserait la remarque imbécile attirant l'attention sur un point tout à fait inattendu, mais en l'occurrence essentiel. À vrai dire, il ne croyait pas beaucoup à cette éventualité, étant donné son mépris affiché pour les médecins, mais cela pouvait toujours se produire. Viviant était sûr de la composition de son « produit », mais, à ce stade des recherches, il était vaniteux de prétendre à une efficacité absolue.

Mieux valait rester prudent, d'autant qu'il n'avait pas utilisé la dose maximale. La clinique lui semblait donc préférable. Elle était plus chère aussi, ce qui pouvait laisser paraître qu'il n'avait pas lésiné sur le prix pour faire soigner sa femme.

À la clinique, les examens se succédèrent rapidement. Et, malgré les soins intensifs prodigués, l'état de santé de la malade s'aggravait. Les toubibs n'osaient se prononcer. En tout cas pas devant lui. Ce qui semblait les inquiéter, c'était le constat des progrès foudroyants de la maladie. Manifestement, ils ne savaient que faire pour la maîtriser. Leurs médications restaient impuissantes. Ils tâtonnaient. C'était déroutant. On pratiqua plusieurs transfusions sanguines. Cela parut, un instant, ralentir la maladie. Un léger mieux. Un faible espoir. Puis tout repartait de plus belle. À chaque fois, la rémission était de courte durée.

Trois jours après l'arrivée de la malade, la

complication de plusieurs abcès viscéraux rendait la maladie fatale. Les médecins s'avouaient dépassés, vaincus. Il ne leur restait plus qu'à empêcher les souffrances.

Viviant réussissait à paraître profondément peiné. Il répondait avec calme et docilité à toutes les questions. Il restait jour et nuit au chevet de sa femme, donnait l'image parfaite du mari modèle, abattu, brisé, désespéré. À tout le monde, médecins, infirmières, personnel, il inspirait compassion et pitié.

Finalement, à l'aube du quatrième jour, sa deuxième femme s'éteignit sans souffrance.

Viviant s'attendait à ce qu'un médecin, au moins, émît l'idée d'une autopsie. Il n'en avait pas peur. Cela aurait sans aucun doute déclenché une de ces belles batailles d'experts, où les contradictions s'affrontent dans l'inutilité la plus totale. La « mangeuse de sang », version Viviant, tuait sans laisser de nom. Il en était convaincu. Mais personne ne leva le petit doigt.

De toute façon, il aurait protesté, se serait montré scandalisé. Vouloir abîmer le corps de sa femme ? Pour quoi faire ? Elle était morte. Qu'on la laisse en paix ! Pourtant, dans son for intérieur, combien il la désirait, cette autopsie. Mais à condition de la faire lui, et seul, dans son laboratoire. Comme il aurait voulu ramener le corps à sa maison de Galixt-sur-Aff, étudier le travail de sa drogue dans l'organisme, vérifier qu'elle ne laissait réellement aucune trace. Absolument aucune.

Mais il n'osa pas, à cause des gens du pays, qui allaient jaser tout leur saoul. Une fois encore. Et puis sa femme n'avait pas de famille. Lui non plus. Il aurait probablement été le seul à suivre le cercueil. Il n'avait pas même un chien. Tenu en laisse, un chien, près de lui, lui aurait donné une contenance, lui aurait fait compagnie. Mais rien. Il ne pouvait quand même pas suivre en portant à bout de bras la cage des serins. Manquerait plus qu'ils se mettent à chanter ! Les jours d'enterrement il n'y a que le curé qui a le droit de le faire, en brandissant son goupillon. Comme il chante faux, ça fait pleuvoir. Dans nos campagnes, personne ne s'en plaint. La pluie est profitable aux pâtures des vaches laitières. Un lait plus arrosé, moins gras. Ça se vend mieux, parce que ça rend plus légères les fesses des Parisiennes. Dame, c'est la pub qui raconte ça à la télé !

Un homme seul derrière un corbillard. Cela paraîtrait étrange. Il fallait éviter ça à tout prix. Les gens ne pouvaient pas savoir qu'il choisissait précisément ses femmes parmi celles qui n'ont pas de famille.

À l'enterrement de sa première épouse qui, elle, était née dans le pays, il y avait eu la cohue des gens plus ou moins parents, plus ou moins amis, plus ou moins voisins, qui s'étaient endimanchés pour la circonstance. Mais cette fois-ci, qui viendrait ? Quelques vieilles bigotes, par curiosité, pour regarder, plus que pour prier. Pourquoi leur offrir ce spectacle macabre ? Voir les lèvres des bigotes qui récitent, tellement par habitude, tellement par cœur, paters, aves, requiems, angélus, que l'esprit de ces vieilles peut vagabonder, tout à l'aise, de futilités en futilités, cependant que les yeux, sournoisement, détaillent et examinent les gens et les choses. Et soupèsent le prix du cercueil, et comptent les bouquets de fleurs. C'est ainsi que les bigotes peuvent, après chaque enterrement, ramener chez elles toute une moisson de pieuses pensées, qui les feront vivre spirituellement une longue semaine.

Quant aux petits vieux, leur démarche est un peu différente. Moins hypocrite. Nos chers villages de France sont restés très gaulois. En sortant de l'église, généralement à gauche – allez savoir pourquoi ? – accolée au mur de la nef, il y a une pissotière. Et dans un périmètre d'une dizaine de pas, un bistrot s'est installé. Infailliblement chrétien. Alors forcément, à chaque enterrement, un va-et-vient s'instaure et relie les deux endroits. Signe évident que la distillation fonctionne bien. Oh ! Pas celle du vin de messe. Pas de sacrilège ! Mais celle plus païenne du petit blanc, ou du canon de rouge, muscadet, sauvignon, beaujolais, riesling. Affaire de région. C'est là une vieille tradition religieuse et campagnarde.

Et dès le deuxième verre, la deuxième pelletée de terre est jetée... Et le mort, déjà presque oublié, n'a plus sa place dans les conversations. Au troisième verre, à la troisième pelletée, quelques vivants, parents, amis, voisins, commencent à dire du mal du défunt.

Et le soir, pour rentrer chez eux, à la ferme, il y en a qui ont du mal à tenir bon sur leur bicyclette, tant celle-ci zigzague d'un côté à l'autre de la route, à cause du grand vent de la grande marée d'équinoxe.

— Alors Jules ! C'est à c't'heure-ci qu'on revient de l'enterrement ? Et dans quel état ! T'as pas honte ?

— Eh dame, Léonie ! C'est que le bois du

cercueil était sec. Il a bien fallu l'arroser… On pouvait quand même pas faire ça avec de l'eau ! Faut respecter les morts !

Viviant avait constaté la chose à la mort de sa première femme, bretonne. Il n'avait nullement envie d'assister à la répétition de cette comédie mortuaire. Il valait donc mieux que le corps s'en aille discrètement au crématorium. Viviant ramènerait les cendres à la maison. Et puis un soir, à la nuit tombée, du haut du ponton, entre les deux potées de géraniums, il les sèmerait dans la rivière. Un petit nuage de poussière grise s'en irait au gré du courant.

Un enterrement sans témoin, sans trace, sans fleur ni couronne. Et demain un bel héritage !

*

* *

La plupart des assassins appartiennent à la classe des médiocres, sans aucune éducation, ni imagination. Ils se satisfont de tuer pour des futilités, avec brutalité, en utilisant la basse panoplie énumérée et décrite avec d'infinis détails dans les romans policiers ordinaires. Revolvers, fusils de chasse ou de guerre, haches, marteaux, tisonniers, pavés, barres de fer… les objets « contondants » les plus divers, les plus imprévisibles, les plus incongrus. Tout ce qui tombe sous la main. Des crimes de bricoleurs. S'il y avait des guillotines en vente libre, il y en a quelques-uns, des originaux, qui en achèteraient. Sûr. Histoire de conserver les têtes chez eux ! Les têtes réduites, ça existe. Il y a des amateurs.

Comme trophées, ça vaut bien une bécasse, un faisan et une chouette, retour de chasse et empaillés. Sur un haut de buffet dans une salle à manger Louis XVI. La classe. Avec sur le mur d'en face une belle tête de cerf qui fait les cornes. Tous les goûts sont dans la nature humaine, même les plus saugrenus, les plus pervers.

Un jour, on a surpris une femme en plein boulot. Armée d'une tronçonneuse de bûcheron, elle était en train de découper le tronc de son amant. Que voulez-vous, on s'aimait plus ! Elle avait distribué les membres, bras et jambes, dans plusieurs cachettes. Il n'y a que la tête qui demeurait obstinément introuvable. Un vrai casse-tête.

L'utilisation de matériel aussi grossier laisse, en général, les cadavres mutilés, couverts d'éclaboussures de sang. Les policiers, inspecteurs commissaires, juges d'instruction, pensifs et ébaubis, épongent leur front moite de sueur froide avec le mouchoir de leur perplexité. Un vrai gâchis.

Dans de telles conditions n'importe quel imbécile peut tuer. Mais tuer sans laisser de trace, ni aucune indication sur la méthode employée, cela devient de l'art. Et lui, Viviant, en était capable. Il était d'une autre classe. Un raffiné. Il mettait un terme à la vie de ses chères épouses, sans aucune brutalité inutile, avec même, pourrait-on dire, un certain savoir-vivre – si ce n'était là un doux euphémisme. Il avait à cœur d'offrir à la curiosité morbide de la médecine et de la police des corps intacts, propres, sains, beaux. Des corps, tout bêtement, qui ne sont plus en état de fonctionner. Le cœur s'est bloqué. Ça arrive, une mécanique qui lâche. La panne stupide. Le grain de sable.

D'ailleurs, Viviant ne se considérait pas comme un assassin, mais bien plutôt comme une sorte de grand prêtre qui célèbre des sacrifices humains sur l'autel de la science. Pour le progrès de la science ! Ses victimes étaient des saintes. Elles méritaient respect et admiration. Fou, lui ? Non, un peu illuminé ! C'est très différent.

Il tirait, c'est certain, une réelle fierté à plonger les plus honorables représentants de la médecine dans le bain moussant de leur omniscience orgueilleuse. C'était bien lui le plus fort.

Viviant aurait aimé se livrer à une dissection complète de ses femmes. Ouvrir chaque organe. Découper le cœur en fines lamelles, de même des reins, du foie, du pancréas... Faire un examen approfondi de chaque coupe. Utiliser le microscope électronique. Prendre des photos. Faire des analyses. Ne rien laisser au hasard. Procéder à des cultures. Lui seul savait dans quelles directions il fallait chercher. Dommage qu'il ne puisse ramener le corps à la maison !

Les toubibs qui pratiquent les autopsies n'ont pas, comme lui, la formation de chercheurs. Les médecins légistes se satisfont, le plus souvent, de probabilités. Ils sont d'une prudence extrême dans la rédaction de leur rapport, sachant qu'il y aura, à tout coup, une contre-expertise, et qu'un de leurs « très chers confrères » se fera un malin plaisir d'aboutir à des conclusions diamétralement opposées. C'est la règle du jeu. Le chercheur, lui, exige des certitudes.

On voit bien l'arrogance, puis l'embarras, de tous ces grands experts, quand ils sont appelés au secours, pour ne pas dire au chevet de la justice. Ils ont bonne mine dans le prétoire, venant, chacun à tour de rôle, tenter d'expliquer, avec des mots pseudo-scientifiques que personne heureusement ne comprend, que leur théorie, seule, est valable, que celle de leur collègue d'en face, ne brille pas par sa rigueur.

Et les juges, ceux du moins qui restent encore éveillés, se retiennent pour ne pas rigoler de cet étalage incongru de science abstraite, contradictoire, et inutile, qui a réponse à tout, mais ne résout rien, puisqu'elle demeure incapable de faire la lumière.

Les avocats se régalent. Ils sont payés pour ça. Le public applaudit de temps en temps à une envolée de manchettes particulièrement bien réussie. Théâtre de guignol !

Au fond, c'est bien l'accusé, la mine songeuse, mi-figue, mi-raisin, assis paisiblement dans son box, entre deux chandelles de gendarmes, qui semble le plus honnête de tous. Connaissant l'histoire par cœur – et pour cause –, il n'a guère d'autres distractions que de compter les mouches qui volent. Il se dit qu'après tout ils sont assez nombreux autour de lui, et assez grands, sinon assez intelligents. Ils n'ont qu'à se démerder, s'ils tiennent tant que ça à connaître toute la vérité et rien que la vérité. Lui, il s'en lave les mains.

Ah ! Que Viviant aurait aimé jouer ce premier rôle d'accusé dans une salle d'assises archi-comble ! La première page des journaux ! La radio ! La télévision ! L'innocence proclamée ! La célébrité et la gloire !

Puis, quelques années plus tard, prescription assurée, tout révéler et ridiculiser du même coup la justice, la médecine et leurs pseudo-experts.

CHAPITRE V

Dans le choix de ses femmes, Viviant formulait au moins deux exigences essentielles : pas de famille et héritage substantiel. Deux qualités qu'il jugeait non seulement primordiales, mais indispensables.

À vrai dire, si l'héritage de Louise Robic, sa troisième femme, lui paraissait comme devant être satisfaisant, il était nettement moins important que celui de sa précédente épouse, Jeanne Le Bihan. Cette dernière lui avait fait de petites cachotteries. Il avait eu d'agréables surprises chez le notaire lorsque celui-ci lui avait détaillé sa fortune.

— Comment, vous ne connaissiez pas l'existence de ces titres et de ces valeurs ? Votre femme ne vous en avait donc jamais parlé ? lui avait demandé le notaire avec un certain étonnement.

— Eh non ! avait répondu Viviant. Je les ignorais complètement. Vous savez, les questions d'argent sont pour moi très secondaires, maître. Je n'avais pas épousé Jeanne pour ses biens, mais parce que je l'aimais vraiment. Et c'était réciproque !

C'est incroyable, pensait-il en disant cela, *comme je sais mentir de mieux en mieux. Cette qualité, à force d'entraînement, me devient tout à fait naturelle.*

Une belle déclaration d'amour, faite *post-mortem*, ne coûtait rien, et pouvait toujours, le cas échéant, plaider en sa faveur. Ne donnait-il pas le témoignage qu'il ne convoitait nullement l'héritage de sa défunte épouse, puisqu'il n'avait même pas cherché à en connaître l'étendue ?

Dans le choix de sa troisième femme, Viviant s'était manifestement laissé influencer par la beauté. Louise Robic était jolie. Une belle plante ! C'était flatteur pour lui, à son âge, d'avoir su mettre le grappin sur un superbe spécimen féminin de l'humanité. Alors si l'héritage avait un peu moins d'attrait, mon Dieu, tant pis ! Il faut parfois savoir faire des sacrifices, quand on y trouve compensation.

Viviant, plusieurs mois plus tard, devait reconnaître que son choix n'avait pas été aussi heureux que les fois précédentes. La belle Louise lui avait caché quelques-uns de ces défauts qui rendent pénible et désenchantée la vie d'un homme.

La pratique quotidienne de la vie commune avec sa troisième femme lui avait rappelé, à ses frais et un peu tard, que la beauté peut être fatale, et cacher de vilaines épines. Certes il avait trouvé Louise « sculpturale », mais il avait découvert, à l'usage, qu'elle était aussi frigide qu'une belle statue antique, plantée dans un parc, au milieu d'un massif de roses.

En plus, et pour finir de noircir le tableau – un malheur n'arrive jamais seul –, Louise Robic, au fil des mois, avait laissé apparaître un caractère qui devenait de plus en plus incompatible avec le sien.

Un vrai désastre. Les accrochages pour des futilités commençaient à se faire fréquents et, par moment, rendaient la vie commune intolérable.

Viviant était un homme habituellement courtois. Il employait toujours un langage correct, voire châtié. Même lorsqu'il se mettait en colère – ce qui lui arrivait très rarement – il ne disait jamais de gros mots. Mais il ne pouvait s'empêcher de penser que sa troisième femme, Robic Louise, était une « emmerdeuse ». Et qu'aucun autre mot plus convenable ne pouvait mieux la définir : EMMERDEUSE !

Un soir où le dîner fut particulièrement troublé et secoué par une crise ménagère aiguë, par une scène stupide et ridicule, au sujet d'une omelette que Viviant désirait généreuse, épaisse et baveuse, avec des lardons fumés et des fines herbes, et que sa femme lui servait cuite et plate comme une galette de blé noir, parce que madame voulait la manger avec des confitures étalées dessus, Viviant, excédé, abandonna le champ de bataille, descendit dans son laboratoire et s'y enferma.

Ce qu'il se mit à y préparer ne laissait aucun doute sur ses intentions. Elles n'étaient pas les meilleures du monde. L'arrêt de mort de la belle Louise était signé, de façon irrévocable, pour le milieu de la nuit. Pas avant. Pas après. Trop tôt, le corps serait trop froid le lendemain matin, à l'arrivée du médecin.

— Comment, monsieur, votre femme est morte depuis hier soir et vous ne vous en êtes pas aperçu ? dirait le toubib.

Viviant ne pourrait tout de même pas lui répondre que, sa femme étant frigide, il n'avait pas prêté attention si, cette nuit-là, elle avait été un peu plus ou un peu moins froide que d'habitude dans le lit. Ce sont des confidences qui ne se font pas entre gens bien élevés.

D'un autre côté il ne fallait pas tomber dans l'excès inverse. Une mort trop tardive et le corps serait encore trop chaud à l'arrivée du médecin.

— Comment ! dirait celui-ci, vous auriez dû m'appeler plus tôt. J'aurais peut-être pu sauver votre femme.

Le juste milieu était donc souhaitable. Un trépas vers les trois heures du matin était ce qu'il y avait de plus convenable, pour satisfaire aux exigences médicales et couper court à toute remontrance inutile qui, de toute façon, n'aboutirait pas à la résurrection.

Étant donné l'avancement de ses recherches, Viviant considéra que cette fois-ci le processus serait simplifié. D'abord une légère anesthésie par voie respiratoire, pour endormir la curiosité de la patiente, par ailleurs méfiante. Ensuite, seulement, la piqûre de complément pour l'anesthésie totale, qui lui laisserait le temps de pratiquer, avec tout le doigté nécessaire, la piqûre mortelle. Il ferait celle-ci au poignet. Sa femme avait l'habitude de porter une kyrielle de bracelets, anneaux, attirails d'amulettes et grigris, autant, sinon plus, qu'une riche indienne, épouse de maharadjah, si bien qu'elle avait des marques assez profondes. Deux petites piqûres, correctement exécutées, à cet endroit, ne pourraient être décelées. Et puis quand bien même ! Il y avait dans la maison une telle collection de cactus épineux qu'en voulant les soigner il était normal qu'on s'y pique. Qui sait, la belle Louise avait peut-être voulu caresser ceux dressés comme des phallus ? Enfin, et de toute manière, il n'y avait rien à craindre, puisque l'agent anesthésique découvert par Viviant, et en cours d'homologation pour le compte des laboratoires Médipha, aussi bien que la nouvelle toxine cactacéenne ne laissaient aucune trace dans l'organisme. C'était là l'une de leurs spécificités. Et l'une et l'autre substance étaient encore inconnues des médecins. Alors ? Il pouvait opérer en toute impunité et faire taire à jamais « l'emmerdeuse ».

*
* *

À trois heures du matin, très exactement, Viviant commença l'exécution du plan établi la veille au soir. Il n'y eut aucune protestation de la belle Louise. Elle respira l'anesthésique avec une docilité exemplaire, presque avec volupté. Il est vrai qu'il y avait ajouté une goutte du parfum préféré de la dame. La suite de l'opération se déroula sans le moindre accroc. Une mort propre, douce, agréable, sans protestation ni gémissement. Le grand art. La savante perplexité des médecins se nourrirait de suppositions et de pronostics, tous plus évasifs les uns que les autres. Ignorance totale. Crime parfait. Grâce à une découverte dont Viviant n'était pas peu fier. Merci, amis Touaregs ! Le travail accompli, Viviant alla ranger ses flacons, seringues et accessoires dans son laboratoire, et remonta se coucher dans la chambre d'amis, la conscience parfaitement tranquille. Il mit le réveil à sonner pour sept heures.

*
* *

À sept heures trente, avant de décrocher le téléphone pour appeler le médecin, Viviant rendit visite au corps de sa femme. La mort ajoutait encore à la blancheur de la peau mate. Les jambes, entrouvertes avec impudeur, étaient vraiment très belles. Sous la légère nuisette noire les seins ronds et bien faits dressaient deux petites pointes provocantes.

Viviant tira sur la fine dentelle de la courte chemisette pour voiler les frisottis charmants du pubis. Un instant il eut envie, en signe d'adieu, de faire une dernière caresse, mais il se retint. Était-il convenable de lui faire, morte, ce qu'elle lui refusait vivante ? L'emmerdeuse, même morte, restait encore désirable. Quel dommage ! Un vrai gâchis !

Viviant se contenta de remonter drap et couverture jusqu'aux épaules nues de la belle Louise. Dernière hésitation. Fallait-il ou non lui fermer les paupières ? Les yeux vitreux de la défunte le fixaient d'une colère froide.

— Salaud ! Me faire ça pour une omelette...

Il soutint ce regard mort et décida qu'il valait mieux laisser les yeux ouverts, même s'ils ne voyaient plus rien. Cela faisait mort plus naturelle.

Il y avait trois médecins dans le pays. Il chercha dans l'annuaire le numéro de celui qu'il avait été consulter, quelques mois auparavant, pour une grippe tenace. Il fallait bien passer par là pour obtenir des médicaments chez le pharmacien. Ces gens-là sont si pointilleux sur les étiquettes. Le médecin, un jeune nouvellement installé, lui avait paru légèrement prétentieux quant à son savoir tout neuf. Mais il avait au moins l'avantage de n'être jamais venu à la maison et de ne pas connaître sa femme.

Il décrocha le téléphone, et tout en composant le numéro se mit dans la peau du personnage de tragédie qu'il entendait jouer avec le plus de vérité possible.

— Docteur ! Docteur ! Venez vite... Ma femme... Ma femme... Il bégayait. Ma femme est froide... est morte cette nuit...

Il réussit enfin à bredouiller son adresse.

— J'arrive tout de suite ! répondit le toubib. Restez calme !

— Ma parole ! Mais pour un peu j'allais pleurer, dit Viviant en essuyant une larme indécente qui lui pointait au coin de l'œil.

Malgré l'heure matinale, pour se ragaillardir et prendre des forces, il se dirigea au bar et se servit un cognac quatre étoiles, en pensant que l'esprit curieux de Louise devait déjà être en train d'explorer les astres réservés au purgatoire ou à l'enfer. Plutôt l'enfer.

Cinq minutes plus tard, le médecin était là, une grosse et pesante serviette noire à la main. Viviant le conduisit aussitôt à ce qu'il est convenu d'appeler le chevet de la morte, c'est-à-dire au pied du lit qui avait été conjugal et sans joie.

Il laissa faire le jeune homme à la science nouvelle et profonde, qui se mit à ausculter, palper, tâter... à regarder au fond des yeux vitreux. *Et si tu me disais de quoi tu es morte, ça me simplifierait tellement la tâche !...* Pour un peu le toubib aurait dit fort poliment à la morte : « Tirez-moi la langue, madame ! Dites 33.33.33 ! Fermez la bouche et respirez fort ! Plus fort ! Je n'entends rien ! »

Viviant, au pied du lit, ne pouvait pas lui dire qu'elle était morte parce que lui n'avait pas digéré une omelette à la confiture de fraises. Une explication qui aurait paru douteuse. La vérité dépasse tellement la fiction !

Heureusement, le toubib, décontenancé, pris en défaut de science, posait peu de questions. Il est vrai que Viviant, désormais assis, l'air absent, jouait son rôle à la perfection. Prostré sur une chaise basse, près de la fenêtre, il ne semblait pas en mesure de subir un interrogatoire. Il fallait bien, quand même, que le toubib pose quelques questions. Ne serait-ce que pour la forme.

— Vous avez une idée de l'heure de la mort ?

— Non. Aucune, balbutia Viviant.

— Hier soir, elle se portait bien ?

— Mais oui. Elle avait fait une belle omelette et avait mangé de bon appétit. Avant de se coucher, après le film, vers onze heures, elle s'était plainte d'avoir mal à la tête... Mais le film était tellement con... Pardon ! Tellement ?... Tellement ?... Enfin, que ça n'avait rien d'étonnant.

— Oui. Je comprends. A-t-elle pris un somnifère ?

— Non. D'ailleurs nous n'en n'avons pas à la maison.

— Ça ne peut être qu'une crise cardiaque.

Brutale. Je ne vois rien d'autre, dit le toubib.

— C'est ce que je pense aussi, murmura Viviant. Ça nous guette tous. La maladie du siècle...

Le toubib fouilla dans sa serviette ventrue.

— Je n'ai pas de formulaires pour l'acte de décès et pour le permis d'inhumer, finit-il par dire, désappointé. Je retourne à mon cabinet et je reviens.

— Faites donc, docteur, dit Viviant. Il n'y a rien qui presse...

Le toubib ne revint pas avant une bonne demi-heure, alors que son cabinet n'était qu'à cinq minutes. Quand il entra, Viviant comprit tout de suite, à l'air embarrassé du praticien, qu'il y avait quelque chose qui clochait. Ou bien le toubib avait pris l'avis d'un « cher confrère », ou bien il y avait un paquet de doutes qui lui encombrait les méninges.

— Vous savez, monsieur, finit-il par dire à Viviant, je préférerais qu'on emmène le corps de votre femme à Rennes pour faire une autopsie. Je veux dire un examen plus approfondi pour savoir ce qu'il s'est réellement passé.

— Vous croyez, docteur ? Vous pensez que c'est nécessaire ? Vous savez, ça ne rendra pas la vie à ma femme... Pourquoi ne pas la laisser en paix ?

— Je sais, monsieur Viviant, je sais... Je ne voudrais surtout pas augmenter votre chagrin, mais c'est préférable. Cette mort subite a une raison, une cause. Il faut une explication.

— Si vous croyez que c'est vraiment indispensable, finit par dire Viviant, après beaucoup d'hésitation, l'air toujours à demi absent. Qu'est-ce que je dois faire ?

— Rien, monsieur. Je vais m'occuper de tout.

Une heure plus tard, le corps de Louise était transporté à Rennes, pour une autopsie qui serait pratiquée dans l'après-midi. Viviant suivit en fin de matinée. Il était persuadé que les médecins, légistes ou pas, ne trouveraient rien. La substance ne laissait pas de trace. Aucune. À tout prendre, il ne serait pas tellement mécontent d'en avoir la confirmation officielle. Mais dans le même temps il était frustré. Car il avait prévu de faire lui-même l'autopsie, chez lui, dans son laboratoire. Les résultats lui auraient certainement permis d'améliorer sa découverte.

D'un autre côté une mort déclarée « médicalement » naturelle le blanchirait aux yeux d'un certain nombre d'habitants de Galixt-sur-Aff, qui avaient jasé à la mort de sa deuxième femme. Alors, vous pensez, à la troisième ! Facile d'imaginer les réactions et les cancans, chez les commerçants et dans les rues du pays ! Tandis qu'une autopsie de « spécialistes » en bonne et due forme, qui ne met rien en évidence, qui ne contredit et n'accuse personne, et donc qui donne l'absolution... Tout est changé... Le son des cloches est différent : « Ce pauvre M. Viviant, tout de même ! Pour un chaud lapin, faut dire que c'est un chaud lapin ! Des femmes, il lui en faut. Un sacré tempérament ! La troisième en trois ans. Il a vraiment pas de chance. La fatalité, que voulez-vous ! »

Viviant n'avait pas besoin de faire un gros effort pour imaginer les conversations et les sous-entendus plus ou moins affriolants des uns et des autres. Des hommes d'un certain âge, un peu jaloux de ses performances. Et surtout des femmes, toujours plus bavardes, d'un certain âge aussi, encore gourmandes et privées de la chose... sentimentale.

En fin d'après-midi, alors qu'il patientait dans une salle d'attente d'une tristesse monotone exemplaire, un médecin vint enfin lui annoncer, en des termes médico-scientifiques qui ne voulaient pas dire grand-chose, que son épouse était morte d'une congestion cérébrale.

N'importe quoi ! Les cons ! pensa Viviant en se levant de son siège.

Cette première réaction passée, heureusement *in petto*, il exultait littéralement, il triomphait. Mais il sut se dominer et déclara vertement qu'il s'étonnait que la médecine n'ait pu rendre la vie à sa femme, et qu'il demandait à la voir sur-le-champ.

Le médecin de service hésita un instant, mais il estima qu'il n'avait aucune raison de s'opposer à une pareille demande, somme toute parfaitement légitime.

Le corps de Louise Robic, entièrement recouvert d'un linge gris, était allongé sur un chariot, dans une petite pièce attenant à la salle d'autopsie. Seuls dépassaient les pieds. De loin, Viviant remarqua, non sans surprise, que les ongles des orteils étaient laqués rouge. Il n'avait encore jamais remarqué que sa femme se fardait à ces endroits-là. Les lèvres, passe ! Mais les pieds ?

Le médecin de Galixt-sur-Aff était à la porte de la pièce, blanc comme un linceul. Viviant, en passant devant lui, le fixa dans les yeux, mais ne lui adressa pas la parole. Il se dirigea vers le chariot et d'un geste brusque retira le linge mortuaire jusqu'aux pieds de la morte. Une longue cicatrice, allant de la poitrine jusqu'au pubis, recousue grossièrement, était éloquente et n'avait besoin d'aucun commentaire.

Alors, montrant du doigt cette saignée charcutière à plusieurs toubibs en blouse blanche qui s'étaient approchés de lui, il s'emporta :

— Tout ça, pour une congestion cérébrale ! Honteux ! Abominable ! Vous êtes médecins ou bouchers ?

Sans attendre de réponse, il fit demi-tour et sortit de la pièce en claquant la porte derrière lui, laissant les médecins interloqués.

Au secrétariat, il remplit d'une écriture nerveuse le formulaire nécessaire pour une incinération au crématorium de la ville.

Le surlendemain, Viviant écrivait cette lettre au médecin de Galixt-sur-Aff :

Docteur Rio,

Avant hier, mardi six mars, je vous ai appelé, à mon domicile, près du pont, au chevet de ma femme.

Vous avez, hélas ! constaté tout comme moi que mon épouse était décédée dans son lit, dans le courant de la nuit. Il ne pouvait s'agir que d'une mort naturelle. Mais, manifestement, vous m'avez suspecté d'avoir contribué à la mort de ma femme, puisque vous avez refusé le permis d'inhumer et fait ordonner une autopsie médico-légale.

Celle-ci, pratiquée à Rennes, n'a pu que

confirmer la cause du décès, à savoir une congestion cérébrale.

Docteur Rio, si à chaque décès qui dépasse vos compétences à formuler un diagnostic, vous envoyez vos clients à la morgue à fin d'autopsie, de deux choses l'une :

– Ou bien vous êtes incapable de déceler vous-même la cause d'une mort lorsqu'elle apparaît évidente ?

– Ou bien vous soupçonnez tout un chacun d'être capable de commettre un crime ?

Dans les deux cas la réponse n'est pas à votre avantage. Et vous feriez mieux soit :

1° – De reprendre vos études médicales qui semblent très insuffisantes et incomplètes.

2° – D'apprendre à respecter les morts, en ne les envoyant pas, sans raison, à la dissection, comme vous venez de le faire odieusement pour ma femme.

André Viviant.

Viviant partit faire trois copies de cette belle lettre sur la photocopieuse qui se trouve au centre commercial, à la sortie de la petite ville. Et comme par hasard, en s'en allant, il oublia, bien en vue, un exemplaire sur l'appareil.

Dès le lendemain, non moins par hasard, la photocopie de la lettre circulait, de main en main, dans le pays. Ce qu'escomptait Viviant se produisit, car il lui sembla, au fil des semaines qui suivirent, que les gens devenaient moins soupçonneux à son égard.

Si certains continuaient à s'interroger sérieusement sur la fin brutale de ses trois femmes, d'autres commençaient à le plaindre. Quelle malchance !

De toute évidence, le grand perdant fut le médecin. Sa clientèle diminua tant et si bien que plusieurs mois plus tard il cédait son cabinet à un confrère et partait ailleurs exercer ses talents. Viviant se sentit bien un peu coupable, mais il n'osa pas lui envoyer une gerbe de fleurs de consolation.

Par une nuit sans lune, un ciel bas, peuplé de nuages chargés de pluie, il prit l'amphore qui contenait les cendres de la belle Louise et se dirigea vers le ponton, au bout de la pelouse. Il se pencha au-dessus de la balustrade, renversa l'amphore, d'un style néo-grec contestable, et les cendres éparpillées dans la rivière furent aussitôt emportées au fil de l'eau.

Un remords le prit. Il alla dans le jardin cueillir une jonquille, fraîchement éclose, et revint la jeter dans le courant. Il semblait ne plus avoir de rancune envers « l'emmerdeuse ». Ne lui devait-il pas une certaine reconnaissance pour avoir si bien gardé le secret de sa mort ?

Mais, à son avis, les médecins ne lui avaient pas dit toute la vérité. Louise Robic devait normalement avoir du cholestérol. C'était une sacrée grosse mangeuse de chocolat.

CHAPITRE VI

Les jours qui suivirent la mort de sa troisième femme, Louise dite « l'emmerdeuse », Viviant passa par des moments de grande exaltation, aussitôt suivis de périodes de complet abattement.

Il savourait sa victoire sur la médecine, inculte et impuissante, et n'ayant les médecins qu'en piètre estime, il se disait que ceux-ci n'avaient pas dû faire une autopsie scientifiquement rigoureuse. Ou bien alors sa découverte tenait vraiment du miracle. Or il ne croyait pas au miracle. Au hasard, tout au plus. Mais pas au miracle.

Avant de présenter son « produit » à Katia Volkof, il lui fallait des preuves, une liste de tests irréfutables. C'était sa réputation qui était en jeu. En quelque vingt années de recherches, il ne s'était jamais trompé.

Pour parvenir à cette certitude absolue, qui lui manquait encore, un seul moyen, faire lui-même l'autopsie. Lui seul. Il revenait donc toujours au même point : avoir un sujet à disposition.

Viviant était de ces chercheurs « dangereux », vivant dans une excitation intérieure quasi permanente, et se croyant tout permis lorsqu'ils se sentent tout proches du but. Nourri et emporté par le succès des découvertes qu'il avait faites durant sa longue carrière, Viviant avait basculé dans une folie assez particulière. Il en était venu à tuer, sans bien même se rendre compte qu'il commettait des assassinats. Ses femmes ne mouraient-elles pas pour le progrès de l'humanité ? Non, il n'était pas un criminel, puisqu'il prenait toutes les précautions pour éviter les souffrances. Ses deux dernières femmes étaient mortes sans aucune de ces angoisses qui tourmentent le mourant. Elles n'avaient pas vu venir la mort. Quelques années de moins à vivre ne lui paraissaient pas être d'une bien grande importance, quand on sert la science.

Dans chaque commune de France, il y a un monument érigé à la gloire des soldats morts courageusement pour la patrie. Pourquoi n'y aurait-il pas, quelque part, un monument à la gloire de ceux et celles qui ont livré leur vie à la recherche, pour améliorer le sort de l'humanité ? Pourquoi ? Le but n'est-il pas cent fois plus louable que celui de la guerre, mille fois plus que celui d'une guerre du Pétrole ?

Seulement une dernière expérience pour les ultimes confirmations nécessaires. Ensuite il arrêterait. Il reprendrait paisiblement sa barque pour se diriger vers l'île aux Pies. Il choisirait une quatrième épouse. Sans famille et riche de préférence. Tant qu'à faire, puisqu'il y avait le choix. Avec les héritages déjà accumulés, il pourrait faire le tour du monde. Se faire passer, à Papeete, des colliers de fleurs autour du cou, par de jolies Tahitiennes. Se faire masser, à Bangkok, par d'encore plus jolies Thaïlandaises. Se faire bronzer sur les plages de Bornéo. Danser la samba à Rio.

Il en était là de ses réflexions quand on sonna à sa porte. C'était le facteur qui lui apportait le courrier et un colis de livres. Mêlé aux lettres, il y avait le lot habituel des publicités, plus ou moins mensongères, et qui, d'ordinaire, allaient droit à la corbeille à papiers. Courrier sans grand intérêt.

Il allait jeter le journal d'annonces régionales, distribué gratuitement dans toutes les boîtes aux lettres, quand il se ravisa. Il avait besoin de faire rentrer quelques stères de bois pour le chauffage. À différentes reprises, il avait lu dans ce journal des offres intéressantes. Il parcourait les différentes rubriques quand il tomba sur celle intitulée : « Rencontres ». Il y avait une colonne "hommes", une colonne "femmes". Manifestement, il y en avait bon nombre qui devaient être en manque et cherchaient l'aventure. Les « + si affinités » agrémentaient la fin de presque toutes les annonces. Le sexe, toujours le sexe. Principale puissance du monde. Il était peu question de mariage. Formule démodée. Seulement étaient affichées toutes les promesses de moments agréables et de gros câlins. Avec discrétion de rigueur bien évidemment. De telles choses ne se font pas encore sur la place publique. Marthe Richard n'est pas morte depuis assez longtemps.

Viviant se dit qu'il y avait là une mine qui méritait d'être exploitée. Pour répondre à ces annonces, il fallait écrire, sous numéro, au journal. Une lettre laisse des traces, pensa-t-il. Il faut donner son adresse, ou pour le moins son numéro de téléphone. Dangereux. Plutôt que de répondre à une annonce, ne valait-il pas mieux en faire paraître une, côté hommes ? La porter au journal. La payer en espèces. L'annonceur n'est plus qu'un numéro. Il reste anonyme, même vis-à-vis du journal. Aucune trace. Il suffit d'attendre une huitaine de jours, repasser au journal, récolter les réponses de ces dames. Le tour est joué. Incognito.

Viviant se mit à lire quelques annonces d'hommes à la recherche d'une femme amoureuse. L'une d'elles parut assez bien lui convenir. Il la recopia presque mot pour mot, en y ajoutant toutefois une qualité rare : très généreux. Cela lui semblait un élément essentiel pour attirer davantage de réponses. Normalement, étant donné les qualités et les défauts inhérents à la nature humaine, une annonce qui promet récompense pour des moments intimes doit faire tilt. Si au sexe on associe l'argent, les chances ne sont-elles pas doubles, voire triples ?

Son annonce fut vite rédigée :

Extrêmement seul, veuf, soixantaine, éducation et savoir-vivre souhaite rencontrer femme agréable et gentille pour loisirs heureux, plus si affinités. Très généreux. Photo souhaitée. Discrétion absolue. Écrire au journal sous n°...

Viviant ne pensait pas avoir, encore à son âge, autant de succès auprès des femmes. Huit jours après, il sortait du journal dans lequel il avait fait passer l'annonce avec un paquet d'une bonne trentaine de réponses.

La curiosité l'emporta. Il ne put attendre d'être arrivé chez lui pour se livrer au dépouillement de cet abondant courrier. Il s'assit à l'arrière de sa voiture, garée dans une rue calme, et commença une lecture qui ne manquait pas de piquant.

D'office il élimina les lettres non accompagnées de photo. Il aimait voir à qui il avait affaire. Il rejeta également celles à l'écriture d'un primaire attardé, ainsi que d'autres dont le plus grand agrément était des fautes d'orthographe impardonnables. Il voulait de la classe.

Il était arrivé à la vingtième enveloppe, quand à son vif étonnement il n'en retira pas de lettre, mais deux photos, format 9 x 12, en couleurs, où une jeune femme dévoilait tous ses charmes, en des poses choisies qui ne pouvaient qu'exciter la curiosité d'un homme normalement constitué, mettant en grand émoi sa virilité. Et plus Viviant regardait les photos et moins il dominait une certaine partie de son anatomie. Un immense désir montait. Pour parler franc, il bandait magnifiquement. Au verso de l'une des photos un texte sans équivoque :

Mon chéri,

Si je te plais, je suis à toi, quand tu voudras où tu voudras, chez moi, chez toi, ou quelque part ailleurs, pour un moment, pour un soir, pour une nuit, ou pour plusieurs...

Chez un homme la qualité que je préfère n'est pas la beauté, mais la générosité. D'après ton annonce tu en as. Étant experte en l'art de faire l'amour tu ne seras pas déçu de mes prestations.

Qu'en dis-tu ? Voici mon numéro de téléphone.

Linda.

Si la fille était aussi bien roulée que le message, ça valait le coup d'œil. Seul un saint désargenté pouvait repousser la tentation.

Certes la correspondante de Viviant ne laissait planer aucun doute quant à sa profession. Elle l'avouait sans ambages. Elle préférait l'exercer d'une manière qui avait, en vérité, quelque originalité. C'était plus élégant que d'arpenter les trottoirs, ou que de draguer dans les bars. Une prostituée ? Et pourquoi pas ? Ce qui lui arriverait ne faisait-il pas partie de ce qu'il est convenu d'appeler les risques du métier ? Et puis, qui, appartenant au monde bienséant et bien-pensant de la belle société hypocrite, s'inquiétera de la disparition d'une jeune femme aux mœurs très légères ? Qui, vraiment ?

Les photos et le texte étaient convaincants. Pouvait-il sincèrement y avoir d'hésitation quant à la suite à donner ? Viviant n'était pas un saint et il avait de l'argent. Il considéra qu'il serait tout de même plus intéressant de faire l'autopsie d'une jolie fille plutôt que celle d'un laideron. C'était évident. Il rangea donc les deux photos dans son portefeuille, côté cœur. Les autres lettres se contentèrent de la boîte à gants.

Se mettant au volant de sa 205, Viviant tourna la clé de contact. Le moteur ronronna doucement comme un chat content. Les choses se présentaient de manière fort plaisante.

CHAPITRE VII

Rentré à la maison assez tard dans l'après-midi, Viviant – qui pour la circonstance se fit appeler Julien – prit aussitôt rendez-vous avec Linda, au cours d'une très amoureuse conversation téléphonique, pleine de chaudes promesses. Julien s'était montré d'une grande générosité, qui serait palpable en billets. Ce serait pour le surlendemain mercredi, le soir, juste à la tombée de la nuit. Viviant irait la chercher à Rennes, à 19 heures, à l'abribus situé route de Lorient, en face du stade. Ensuite, il la ramènerait chez lui pour y passer une ou deux nuits, un ou deux jours. On verrait bien. Ne faut-il pas toujours laisser une petite marge pour y loger, au besoin, quelques fantaisies hors programme ? Si les horoscopes concoctés par les pythies, accouchant péniblement de prédictions bâtardes, ne laissaient aucune place à l'imprévu, où seraient le sel et le piment de la vie ?

*

* *

Quand Viviant – pardon ! – quand Julien se rangea, le jour dit et à l'heure précise, devant l'abribus du stade, Linda, ponctuelle au rendez-vous, l'attendait. Elle portait un élégant manteau beige, au col soigneusement relevé. De grosses lunettes à verres fumés lui masquaient une partie du visage. Une opulente chevelure rousse lui retombait sur les épaules. Julien reconnut Linda sans l'ombre d'un doute. Les lèvres charnues et gourmandes, ainsi que le large sourire, étaient bien les mêmes que sur les deux photos qu'il tenait à la main, et qui étaient le signe de reconnaissance. La belle jeune femme, 35 ans environ, s'avança vers la voiture. La discrétion continuant d'être de rigueur, Julien demanda à Linda de monter à l'arrière et de se tenir dans un angle pour ne pas se faire remarquer. Linda ne s'en offusqua pas, habituée qu'elle était à de telles précautions de la part de beaucoup de ses amants d'occasion, appartenant à la bonne vieille société bourgeoise, qui essaie de masquer ses manquements aux grands principes, et aux vertus trop austères.

Au cours du voyage, Julien expliqua qu'il était veuf depuis quelques mois seulement, qu'il habitait une toute petite ville, et que la présence d'une jeune et jolie femme à ses côtés, et encore plus chez lui, ferait aussitôt, et à coup sûr, jaser tout le pays. Les qu'en-dira-t-on iraient bon train. Mieux valait éviter.

Il expliqua à Linda que, malgré tous ses efforts, il lui était vraiment impossible de se passer longtemps de femme. C'était une faiblesse, il en convenait. Mais c'était pour lui un besoin irrésistible, insurmontable. Linda, qui recevait de nombreuses confessions du même genre, se contenta de répondre qu'elle comprenait fort bien. En réalité, elle pensait à l'histoire, encore récente, de ce prélat d'Église romaine, le cardinal Daniélou, mort d'une belle crise cardiaque, dans le lit d'une charmante prostituée parisienne. Une vérité incontournable qui mit le rouge au front à bien des chrétiens. Flagrant délit ! Accrochez donc, messieurs-dames, votre manteau d'hypocrisie à la patère « n'austère », à l'entrée des temples puritains de l'amour éternel. Avant de le reprendre, n'oubliez pas de passer par le confessionnal. On efface tout et on recommence.

Plusieurs kilomètres avant d'arriver à Galixt-sur-Aff, bien que la route fût déserte, Julien demanda à Linda de se coucher sur la banquette et de ramener le plaid sur elle. Elle pourrait se libérer dès que la voiture se serait arrêtée à l'intérieur de la propriété. Linda, amusée, sourit de ces ultimes précautions, en déclarant que ça ne la gênait pas du tout, car elle adorait les parties de cache-cache sous les draps. Julien prit soin de fermer la porte du garage avant de dire à Linda qu'elle pouvait se libérer de sa cachette.

Ils rirent tous les deux, comme deux gamins qui viennent de jouer une bonne farce, puis s'embrassèrent longuement et avec gourmandise. Un simple acompte ! Pour Julien, le grand jeu commençait. Les lèvres pulpeuses de Linda le mettaient en grand appétit.

Ils prirent l'escalier intérieur qui monte à l'étage. Devant eux, au bout du couloir, une porte était ouverte, celle d'une chambre à coucher confortable et douillette. Linda dut, sans plus attendre, affronter les avances de Julien, qui, à chaque instant, se faisaient plus intimes. Elle sut le faire avec l'art consommé de la courtisane, qui les repousse suffisamment pour les rendre de plus en plus pressantes, et pour ensuite mieux y répondre et y succomber. Tout l'art d'un habile manège. Flatter l'amour-propre de l'assaillant avant de combler ses désirs les plus fous.

Julien sortit satisfait et apaisé de ce corps à corps éperdu. Il se rhabilla, mais demanda à Linda de rester simplement vêtue de ses dessous affriolants. Pour le plaisir des yeux. Il l'amena ainsi dans le grand salon-salle à manger. Sur la belle nappe bretonne, tissée par un maître artisan de la région, deux couverts étaient mis. Un remarquable chandelier de bronze à six branches trônait au milieu de la table. À chaque bout de celle-ci, un grand vase de cristal empli de roses rouges.

Linda resta un instant stupéfaite, et flattée du soin apporté à ce décor réalisé en son honneur. C'était le premier amant d'un soir qui lui faisait une telle fête.

— Je crois rêver, dit-elle, émue.

Julien souriant alluma les six bougies et éteignit l'électricité. Avec une révérence il demanda à Linda de bien vouloir prendre place, tout en lui annonçant qu'il allait se charger lui-même de faire le maître d'hôtel. Leur intimité ne pouvait tolérer le moindre témoin. Il sortit de la pièce en laissant une Linda ravie.

Quelques instants plus tard il revint avec un seau à champagne. Les yeux de Linda pétillèrent de joie. Elle vit Julien se diriger vers la cheminée et, surprise, le regarda décrocher un sabre suspendu à la hotte. Revenu à la table, Julien prit la bouteille de champagne et d'un coup de sabre magistral, digne d'un corsaire de Saint-Malo se lançant à l'abordage, il fit voler le goulot brisé net jusqu'au fond de la pièce. Linda battit des mains, en criant Bravo !

— À nos amours ! dirent-ils ensemble, quand les coupes furent remplies.

Et Linda, presque nue, vint boire assise sur les genoux de Julien. Les coupes furent vides en l'espace de deux ou trois baisers.

Alors Julien disparut dans la cuisine. Il dut faire plusieurs tours pour rapporter sur la table de la salle à manger un repas froid, raffiné et généreusement servi.

— Un vrai dîner de marin breton, annonça-t-il. Plateau de coquillages, tranches de saumon fumé, langouste...

Julien voulait que les dernières heures de Linda fussent célébrées dans une atmosphère chaleureuse. Une musique douce de valse viennoise envahissait le salon des amours interdites.

Chapitre VIII

Le dîner se prolongea tard dans la nuit, car il était entrecoupé de séances de câlineries d'une grande imagination amoureuse, frisant même l'exploit physique à deux ou trois reprises.

Linda se montrait à la hauteur de sa tâche. La description de ces ébats érotiques serait ici parfaitement honteuse. Il y a des extases qui ne se racontent pas. Les mots ne feraient qu'appauvrir pareils instants. Se contenter de les vivre n'est déjà pas si mal.

Une seconde bouteille de champagne avait succombé au combat. Dans le seau, elle gisait morte, la tête en bas, le cul en l'air. Une troisième venait d'être sabrée, à la corsaire, à l'abordage. Linda buvait sec. Léger roulis, léger tangage. Face à cette sacrée entraîneuse Julien faisait des efforts méritoires pour ne pas trop boire. Il levait souvent sa coupe, essayait de ne pas la vider trop vite. Il lui fallait garder la tête froide. Pas facile !

Il était un peu plus de minuit quand Linda décida soudain qu'elle avait beaucoup trop chaud et quitta sans façon le dernier voile qui la recouvrait encore, c'est-à-dire infiniment peu. Il s'agissait d'une très légère combinaison noire, très courte, ajourée de dentelle, et d'une transparence exquise. Elle l'avait gardée jusqu'ici par pure coquetterie, pour exciter le mâle. Mais dans l'arène, le taureau, le héros, était fatigué, épuisé, ne bandait plus.

— Oh, mon Julien ! Si tu savais comme ma tête tourne, tourne... Tu es sûr qu'il y a six bougies au chandelier... Six ? Pas douze, pas dix-huit ? Chéri ! Crois-tu que je sois saoule ? demanda-t-elle avec beaucoup d'hésitation dans la prononciation... Saoule, moi ?

— Ce n'est rien, Linda jolie ! lui répondit Julien. Viens un moment t'allonger. Je vais te donner un remède infaillible contre la gueule de bois.

Soutenant Linda, qui avait quelques difficultés à se mettre debout et faisait tomber sa chaise, Julien l'emmena dans la chambre où elle s'affala à plat ventre sur le lit, en plongeant tête la première dans l'oreiller.

Julien s'absenta un moment très court et revint tenant à la main un verre rempli à moitié de la potion magique. Il retourna Linda sur le dos, lui releva la tête et la soutint pour l'aider à boire quelques gorgées.

Linda murmura difficilement que ça ne valait pas le champagne. Ce furent, ma foi, les toutes dernières paroles qu'elle prononça, car elle sombra aussitôt dans un sommeil profond, si profond même que normalement, selon les prévisions, il devait être irréversible.

Certes Julien avait, au cours de cette soirée assez particulière, un peu abusé de l'alcool et du sexe. De ce dernier surtout et sans doute au-delà de ses possibilités habituelles. Mais Linda avait été d'une telle provocation !

Il gardait toutefois une certaine lucidité et savait quelle était, à partir de cet instant, la suite du programme de la nuit.

Julien, jouant avec une jolie femme, au tempérament de feu, à tous les jeux de l'amour, cédait peu à peu la place à André Viviant, froid, et plus déterminé que jamais à poursuivre l'expérience jusqu'au bout.

Il descendit à son laboratoire où tout, heureusement, avait été préparé le matin. Il revêtit une blouse blanche, se passa les branches du stéthoscope autour du cou, prit l'appareil à mesurer la tension artérielle, et enfin le plateau où flacons, seringues, tubes à analyses, etc., étaient disposés en bon ordre. Et il remonta dans la chambre de Linda. Il déposa tout ce matériel sur un petit guéridon qu'il rapprocha ensuite du lit.

Linda nue, les cheveux roux répandus en longues mèches sur les épaules, dormait profondément. Entièrement, innocemment abandonnée et livrée aux pires folies d'un hôte qui avait repris son véritable visage.

Viviant prit une seringue sur le plateau, plongea l'aiguille dans le flacon marqué : « anesthésie viviaphorme ». Il vérifia et mesura la dose avec exactitude. Puis il s'assit sur le lit, à côté de Linda, lui prit doucement le bras, fit saillir une veine et enfonça l'aiguille. Linda poussa un léger « Oh ! » sans plus, sans ouvrir les yeux.

Viviant passa alors la sangle du tensiomètre autour du bras de sa maîtresse d'un soir, serra, appuya sur la poire à plusieurs reprises : 12,5. Il le nota sur une fiche qu'il avait préparée et indiqua l'heure précise. Mettant les branches du stéthoscope à ses oreilles, il ausculta ensuite le cœur de Linda, tout en admirant la beauté parfaite du sein, dur, provoquant, qu'il soulevait légèrement et dont il avait, quelques heures plus tôt, caressé et pris la pointe ambrée entre ses lèvres. Mais il ne ressentait plus aucune envie, aucun désir. Il était redevenu le chercheur sans scrupule, le chercheur démoniaque qu'il avait toujours été. Enfin il avait un vrai cobaye à son entière disposition. Un cobaye magnifique.

L'auscultation terminée, il fit une première prise de sang, remplit au tiers le premier tube à analyses, indiqua l'heure sur l'étiquette et annota la fiche.

— Parfait, ma belle ! dit-il. Attendons cinq minutes.

Se levant du lit, il alla à la fenêtre. Elle donnait sur le parc. Les volets n'étaient pas fermés. À quoi bon, puisqu'il n'y a pas de vis-à-vis. Seule la présence des grands arbres. À droite, à l'entrée de la petite ville, près du pont, les lumières oranges des réverbères se reflétaient dans l'eau de la rivière. Levant les yeux vers le ciel, dans une trouée de nuages, il vit apparaître une lune pâle qui fit ressortir la beauté harmonieuse de la ramure des bouleaux.

À intervalles de plus en plus rapprochés Viviant consultait sa montre, comme si le temps ne s'écoulait pas assez vite, ou bien parce qu'il était impatient de passer à la phase suivante et d'en finir.

Revenu s'asseoir près de Linda, sur le bord du lit, il mesura une nouvelle fois la tension : 9,8. Nouvelle notation sur la fiche. Nouvelle auscultation du cœur.

— Tout va bien, dit-il à haute voix. Linda jolie, je te le promets tu ne sentiras rien. Tu ne souffriras pas.

Les cinq minutes étaient écoulées. Prenant sur le plateau une nouvelle seringue, il enfonça l'aiguille dans un petit flacon dont l'étiquette n'était marquée que d'une croix rouge, sans aucune indication. C'était là sa découverte, son « produit ».

Il hésita sur la dose. Linda était mince, pas très grande, son corps ne devait pas dépasser les cinquante kilos. Donc il ne devait pas contenir plus de 3,5 litres de sang. D'autre part Linda avait beaucoup bu. Le taux d'alcool dans le sang devait être très important. Il ne fallait pas provoquer une mort trop rapide. Un blocage fausserait les examens et les analyses. En définitive il décida qu'un dixième du contenu de la seringue serait suffisant, soit le quart de ce qu'il avait prévu.

Ses mains tremblaient légèrement. L'alcool. Il fit un effort pour retrouver un calme absolu. Son regard était froid. Pas un seul instant de remords ! Pourtant il dut se reprendre à deux fois pour faire l'intraveineuse dans le bras de Linda. L'anesthésie avait fait son effet. Linda ne sentait rien.

Une minute plus tard : prise de sang.
Tension 8.
Auscultation du cœur : ralentissement.
Trois minutes : prise de sang, très lente.
Tension 6.
Cœur : faible.

Linda, les yeux toujours clos, ne réagissait pas. Dans quelques minutes elle serait morte. Inutile d'insister davantage.

Un sourire aux lèvres, Viviant se releva satisfait. Il retira les branches du stéthoscope de ses oreilles, enleva le tensiomètre fixé autour du bras de Linda. Tout s'était parfaitement déroulé, selon ses plans. À tour de rôle, il agita légèrement les trois flacons de sang.

Sur la fiche il reporta les deux dernières tensions, ajouta quelques notes à la colonne cœur, et porta en marge plusieurs observations.

— Fini pour ce soir, murmura-t-il. Merci pour tout, Linda, ajouta-t-il, en regardant le joli corps inerte.

Ce corps souple, alerte, plein de vie, il y a seulement quelques heures, qui lui avait procuré tant de plaisir, allait se refroidir, se raidir.

— Linda, tu m'as fait trop boire, finit-il par dire en détournant la tête. Il y a des folies qui ne sont plus de mon âge.

Demain matin il commencerait l'autopsie. Dans la journée il ferait l'analyse du cœur. C'était là le plus important. Pour les jours suivants il mettrait en attente dans le congélateur les autres organes : reins, foie, pancréas, etc.

Très tendu depuis une heure, il se relaxait enfin. Mais la fatigue l'envahissait, lui tombait dessus d'un seul coup. La journée avait été longue. La soirée agrémentée de scènes amoureuses, tout à fait déraisonnables. Il avait abusé de ses forces. Il avait trop bu aussi. Sacrée Linda ! Demain il ferait jour. Rien ne pressait désormais. Demain il commencerait à savoir. Enfin !

Il rangea ses instruments, prit le plateau chargé des flacons, seringues, tubes de sang, ainsi que la fiche et descendit le tout à son laboratoire. Il y resta un moment le temps de noter sur son livre de recherches ses observations, comme il faisait presque chaque soir.

En remontant une demi-heure plus tard, de la porte de la chambre, il jeta un dernier regard sur Linda.

— Excuse-moi, dit-il, pour tout commentaire.

Revenant dans le hall d'entrée, il prit l'escalier qui montait à l'étage de la maison, où se situait sa chambre. Un coup d'œil, au passage, sur le champ de bataille de la salle à manger le laissa désabusé. Il se coucha et s'endormit presque aussitôt, comme un homme qui a vécu une journée pénible, lourde, difficile.

CHAPITRE IX

En se couchant, Viviant, très fatigué, avait oublié de fermer les volets de sa chambre. Le lendemain matin, il fut réveillé par le jour.

Le soleil faisait déjà son apparition rougeoyante au-dessus de la forêt de pins qui coiffe la colline, vers l'est de la maison. Il était près de neuf heures.

— Bon sang ! Neuf heures déjà ? J'ai dormi si longtemps ? maugréa-t-il en s'asseyant sur son lit et en se passant les mains dans les cheveux. Neuf heures !

Il n'y avait pas un instant à perdre, s'il voulait réaliser dans la journée tout ce qu'il avait prévu de faire : l'autopsie de Linda, commencer les analyses les plus urgentes. Et enfin, à la nuit tombée, aller jeter le corps dans la mer.

Il se leva d'un bond, enfila sa robe de chambre et descendit rapidement l'escalier. Il s'arrêta sur la dernière marche pour contempler ce qui apparaissait comme un champ de bataille, abandonné en toute hâte par des combattants en pleine déroute et s'enfuyant en oubliant les cadavres.

Son regard parcourait, sans y croire, le grand salon-salle à manger où, la veille, s'était déroulée cette soirée libertine, licencieuse, cette partie mémorable avec la très impudique Linda, la rousse. Il y régnait un désordre indescriptible. Un désordre tel, qu'hier soir, avant de monter se coucher, il n'avait vraiment pas eu le courage d'en commencer le rangement et le nettoyage. Il ne pouvait tout de même pas laisser ça à faire à la femme de ménage. La pauvre serait scandalisée.

Les fauteuils étaient déplacés. Plusieurs coussins gisaient à même le sol. Une chaise renversée. La table, quant à elle, disparaissait presque entièrement sous les reliefs éparpillés de ce qui avait voulu être un dîner gastronomique de grande distinction et galanterie. Le plateau de fruits de mer, si beau la veille, n'était plus qu'un amas disparate de coquilles d'huîtres et de carcasses de divers crustacés. Pattes de langoustes mêlées avec des pattes de crabes s'étalaient sur la nappe. Les restes d'un carnage. Sur un plat argenté quelques dernières tranches de saumon fumé faisaient triste mine. Une bouteille vide de champagne était couchée au pied du chandelier. Dans le goulot, Linda avait vainement essayé d'enfoncer un bout de la queue de la langouste. Était-il possible que là, la veille, se fût déroulé un repas galant entre gens convenables et civilisés ? Un dîner d'amoureux ? Honteux !

Soudain Viviant resta figé. Son regard devint fixe, se remplit d'incrédulité. Son visage se fit d'une pâleur extrême. À la surprise de ce qu'il voyait, ou bien plutôt de ce qu'il ne voyait plus, succéda très vite la plus vive inquiétude. Il se passa la main sur les yeux.

Était-il vraiment réveillé ? Ne rêvait-il pas ? Hier soir, en montant se coucher, il avait bien traversé cette même pièce. Obligatoirement. Les vêtements de Linda, il s'en souvenait parfaitement, étaient bien, ici et là, jetés un peu partout, au hasard d'un strip-tease époustouflant, auquel il avait lui-même activement participé, et avec une certaine impatience, tant son désir de possession était grand. Ici, la jupe jetée sur le dossier d'un fauteuil. Là, le corsage sur un autre. Le soutien-gorge accroché à une patère. Un jeu qui les avait beaucoup excités l'un comme l'autre. Et pour couronner le tout, Linda, en pleine ivresse, n'avait-elle pas lancé sa petite combinaison noire sur le seau à champagne ? Ils en avaient ri tous les deux. Il s'en souvenait parfaitement. Hier soir, avant de monter dans sa chambre, la combinaison de Linda recouvrait toujours le seau. Il en était sûr

Or elle n'était plus là. Les autres vêtements non plus. Ils avaient disparu.

L'inquiétude de tout à l'heure tournait à la panique. Quelqu'un était venu ici pendant la nuit. Qui ? Et il n'avait rien entendu.

Il se précipita dans la chambre de Linda. Elle n'était plus sur le lit. Elle avait disparu elle aussi. Viviant crut qu'il devenait fou... Fou ! Au milieu du lit une grande feuille de papier. Il la saisit machinalement, comme un automate. Ses mains tremblaient. Sa vue se troublait, se brouillait. La feuille était couverte d'une écriture nerveuse, rapide. Une lettre.

Julien,

J'ai dormi d'un sommeil si profond que je ne me souviens absolument pas comment s'est

terminée notre soirée d'hier. Je sais seulement que j'avais trop bu.

À mon réveil vers huit heures, j'avais froid. Je t'ai cherché partout dans la maison. Quand je t'ai trouvé là-haut, tu dormais si bien que je n'ai pas voulu te réveiller en me glissant dans ton lit. Alors je suis vite redescendue. Je grelottais. Je me suis habillée rapidement en récupérant mes vêtements semés en débandade dans tout le salon. Mais, ne trouvant pas mes chaussures, je suis descendue au sous-sol pour voir si elles n'y étaient pas. Hier soir j'avais tellement bu que je ne savais plus bien ce que je faisais…

En bas, j'ai découvert ton laboratoire. Sur la grande table, j'ai vu une fiche à mon nom : Linda. Elle était à côté d'un plateau avec des seringues et des flacons. Je l'emporte avec moi. Tu as joué à quoi avec mon corps pendant que je dormais ? J'emporte aussi deux tubes de sang, marqués Linda. D'après la fiche ce doit être mon sang. Je t'en laisse un. Serais-tu un vampire ? À quelles expériences te livres-tu ? J'ai des hématomes bleus aux deux bras. Comme des traces de piqûres.

J'ai arraché les deux dernières pages de ton livre « RECHERCHES ». Elles aussi portent mon nom, avec un tas d'annotations bizarres. J'ai déchiré également la première page du livre. Il y a des adresses.

Tu as abusé de ma confiance. Tu me voulais du mal. J'ai retrouvé mes chaussures. Je m'enfuis ! Tu me fais peur. Ne cherche jamais à me revoir. JAMAIS !

Linda.

Viviant relut plusieurs fois la lettre. Il était effaré. Linda n'était pas morte. Linda était vivante. Enfuie. En emportant des preuves accablantes.

Que s'était-il donc passé ?

Viviant essayait de réfléchir. L'anesthésie ne pouvait être mise en cause. Linda n'avait rien senti. Alors c'était son « produit » ? Son « produit » n'avait pas eu d'effet sur Linda. Elle n'était pas morte. Pourquoi ? La dose n'avait pas été assez forte ? N'aurait-elle donc provoqué qu'un cas d'hypothermie passagère ? Un refroidissement momentané du corps ? Une mort apparente sans plus ? Était-ce possible ? Ou bien s'était-il bêtement trompé de flacon ? Il avait trop bu, lui aussi, la veille. Beaucoup trop. En réalité, n'avait-il pas fait une deuxième piqûre d'anesthésie ? Une seule certitude, Linda vivait. Impensable ! Et pourtant c'était l'évidence. Il aurait dû rester plus longtemps à son chevet. Jusqu'à la fin. Pourquoi ne l'avait-il pas fait ? Il s'était montré trop sûr de lui.

Viviant, assis sur le lit, la lettre de Linda entre les mains, restait prostré, le regard perdu. Il était désemparé. Furieux contre lui-même. L'esprit à la dérive. Linda, une prostituée, une sale petite vicieuse.

Quel imbécile il avait été ! Un échec retentissant. Maintenant elle courait, libre, avec les tubes de sang, les pages du livre, et la fiche sur laquelle il avait noté, minute par minute, le déroulement de l'expérience qu'il réalisait sur elle.

— Maudite soit-elle ! La garce ! Un comble... Se faire posséder comme un collégien en rut... Par une putain !

Debout dans la chambre, il se mit à tourner comme un fauve en cage. Poings serrés. Visage haineux. Regard froid, effrayant.

Ce matin il devait descendre Linda morte au labo, l'étendre sur la grande table. Faire l'autopsie. Prélever les principaux organes. Commencer les analyses.

Et le soir, la nuit tombée, il aurait mis le corps vidé de Linda dans sa voiture. Il avait repéré l'endroit où le jeter. Sur la côte sauvage de la presqu'île de Quiberon. Il y a une petite crique, inaccessible par la mer, parce que barrée de plusieurs rochers dangereux pour les bateaux, inaccessible aussi par la falaise, haute et abrupte. Un ressac où les vagues déferlantes livrent une continuelle bataille, à marée haute comme à marée basse. Elles viennent s'y briser en un fracas étourdissant. Un mouvement perpétuel. Un long mugissement. Des cris déchirants de désespoir qui éclatent en des gerbes d'écume blanche.

Un beau linceul. Une tombe marine idéale pour un corps que l'on veut voir se déchiqueter vague après vague, devenir rapidement méconnaissable, impossible à identifier.

Or, Linda « morte » hier soir, vivait aujourd'hui. Quelle dérision ! Qu'avait-elle deviné ? Qu'allait-elle faire ? Qu'allait-elle dire ? Le dénoncer ? À qui ?

Il se surprit à rire nerveusement en pensant combien il avait été généreux. Il avait donné 3 000 francs à Linda. 3 000 francs pour une soirée d'amours frelatées... de sexe en folie. Il s'était dit qu'après tout ça ne lui coûtait rien puisque, Linda morte, il récupérait la somme. Avec la liasse des billets dans son sac, combien Linda, hormis sa peur, devait courir légère et rire... rire de lui !

La déception, l'amertume et la crainte l'empêchaient de fixer sérieusement son attention sur un point précis et de raisonner avec objectivité. Il était en plein désarroi. Dix heures, et il errait sans but, à travers les pièces de la maison. Il n'était pas encore descendu à son laboratoire. N'avait pas osé, ou manqué de courage. Il se dirigea vers le bar, se servit un whisky copieux et s'affala dans le premier fauteuil venu. *Combattons le mal par le mal,* se dit-il. La première gorgée, avalée trop vite, le fit tousser un bon moment.

— Imbécile ! L'alcool ! C'est l'alcool qui a tout faussé, s'écria-t-il soudain, comme quelqu'un qui vient enfin de trouver la solution d'une énigme. L'eurêka de la découverte !

Pourtant non, se reprit-il, presque aussitôt. *C'est impossible. L'alcool au contraire devait augmenter le pouvoir de son "produit"... pas le diminuer, pas le neutraliser...*

*
* *

Il se souvenait de son infarctus à Saint-Andéol, survenu quelques années plus tôt. L'absorption d'alcool après la prise d'un médicament avait bien failli lui être fatale.

C'était un jour où il se rendait dans le Midi. Parti en voiture de Paris, très tôt le matin, il avait senti un mal de gorge empirer, au fil des kilomètres. Après Lyon, il avait quitté l'autoroute. Et à Saint-Vallier, il s'était arrêté devant une pharmacie. Dès l'ouverture de celle-ci, à neuf heures, il s'était précipité pour demander des pastilles ou des cachets, enfin un remède contre le mal de gorge.

— Quelque chose d'efficace, avait-il insisté.

— Prenez ça, monsieur, lui avait dit le pharmacien en lui tendant une boîte. Ce sont des pastilles à sucer très lentement. C'est ce qu'il y a de mieux. Ce soir, vous verrez, vous ne sentirez plus rien.

Viviant avait repris la route, en faisant confiance au polichinelle d'épicier-pharmacien. Vers midi, fatigué d'avoir conduit presque sans arrêt depuis Paris, il s'était arrêté, à la sortie de Saint-Andéol sur un grand parking, devant un restaurant, en bordure de la nationale 7.

C'était l'un de ces établissements qui appartiennent à la catégorie dont les clients sont pour une bonne moitié composés de routiers, et pour l'autre de gens en cravate, représentants et technicos de toute sorte.

Il était en avance. Les repas n'étaient servis qu'à partir de midi et demi. Un petit quart d'heure.

Le comptoir du bar était ceinturé par les routiers, des gaillards qui parlaient fort, tous en même temps, et qui trinquaient sec. Une belle cacophonie. Les performances de leurs camions respectifs étaient apparemment l'unique sujet des conversations très animées.

Fuyant ce brouhaha intempestif, Viviant s'était assis à une table, le plus à l'écart possible de la tornade.

— Et pour monsieur ? avait clamé le patron retranché derrière son bar.

— Un whisky, s'il vous plaît ! avait répondu

Viviant, en élevant la voix pour se faire entendre.

Éclat de rire général dans la salle ! Les routiers s'étaient tous retournés pour dévisager cet ostrogoth, venu d'ailleurs, qui osait commander un WHISKY.

— Ici, monsieur, avait alors tonitrué le patron, nous sommes dans le Midi. Et dans le Midi on boit le pastis. Et Ricard de préférence...

— Eh bien ! Allons-y pour un pastis, avait répondu Viviant, confus devant l'attention dont il était, bien involontairement, l'objet insolite.

C'est à croire, avait-il pensé, *que Ricard est un fleuve qui coule, arrose, abreuve toute la Provence et qui, en traversant la Camargue, rend les taureaux batailleurs et vindicatifs au milieu des arènes de Nîmes les jours de Pentecôte.* Mais il s'était bien gardé de faire cette réflexion à haute voix.

Il avait donc siroté son pastis de Ricard, en silence, un peu par obligation, car c'était une boisson qu'il n'appréciait guère, à moins d'avoir grand-soif, ce qui n'était pas le cas.

Quand il s'était levé pour passer à table dans la salle réservée aux gens costume-chemise blanche-cravate, il avait senti que quelque chose n'allait pas. *Bah ! Un peu de fatigue,* s'était-il dit. *Rien de grave. Un bon repas effacera ça.* Les hors-d'œuvre terminés, sans grand appétit, il avait bu un verre de rosé. Apparemment le rosé faisait aussi partie de la tradition. Sa vue s'était alors brouillée d'un coup. Puis, sans pouvoir réagir, il s'était senti s'affaisser, un bourdonnement affreux dans les oreilles. Et plus rien...

Quand il avait repris connaissance, il se trouvait étendu sur un brancard, et on était en train de le charger dans une ambulance. Direction : hôpital de Cavaillon, à vive allure, phares allumés et toutes sirènes hurlantes. Urgence ! Candidat à l'éternité !

À son arrivée, pas besoin d'un long examen. Le diagnostic était évident : infarctus. Des ratés dans le moteur ! Oui, mais pourquoi ? La cause de la panne ? C'est en y réfléchissant, dans les intervalles des électrocardiogrammes qu'on lui faisait subir toutes les deux heures, qu'il s'était rappelé les pastilles achetées à Saint-Vallier.

— Avec ça, lui avait affirmé le pharmacien, vous n'aurez plus mal ce soir.

Revenu à sa voiture, Viviant n'avait pas pris le temps de lire la notice du médicament et avait commencé à sucer consciencieusement la première pastille, puis la deuxième avait suivi, la troisième... Quand il s'était arrêté pour déjeuner il devait en être, au moins, à la cinquième. Le long de la route, on compte les kilomètres, pas les pastilles. À l'hôpital, la boîte entre les mains, il avait lu la composition de la drogue et la dose : dose maximale quatre par jour – interdiction formelle de boire de l'alcool pendant le traitement. Il avait alors compris pourquoi sa chute de tension avait été vertigineuse. Une réaction normale.

Médicament + alcool = DANGER.

Quelque part à l'intérieur, un pneu avait éclaté.

Or, dans le cas de Linda, l'alcool semblait avoir joué le rôle inverse. Linda aurait été sauvée précisément parce qu'elle avait un taux d'alcoolémie élevé. Un non-sens. N'avait-elle pas bu, à elle seule, plus d'une bouteille et demie de champagne, en quelques heures ? Et lui, au dernier moment, devant cet état d'ivresse, avait diminué la dose de son « produit » de plus de la moitié. Fallait-il au contraire l'augmenter, la doubler, la tripler ? Aberrant ! Certes il avait fait de nombreux tests, mais pas un seul instant il n'avait encore tenté une réaction avec l'alcool. Une lacune. Une erreur de flacon lui semblait difficile à accepter. Quoique, vu son état...

En tout cas, les faits étaient là, probants. Linda vivait. Linda savait. Linda lui avait échappé. Qu'allait-elle faire ? Le dénoncer ? Porter plainte ?

La retrouver lui paraissait bien improbable, sinon impossible. Non seulement il ne connaissait pas son adresse, mais pas même son nom. Quant à son prénom de charme, Linda, il n'était sans doute pas plus vrai que Julien avait été le sien durant la soirée. Son numéro de téléphone ? Sûrement pas dans l'annuaire. Liste rouge. Réservé à ses clients intimes. Et après cette aventure, il était probable que Linda changerait de numéro. Précaution normale.

Enfin, il l'avait prise devant un abribus, à Rennes. Mais elle n'habitait pas forcément la ville même. Le journal dans lequel il avait fait passer l'annonce recouvrait une zone très vaste. Linda travaillait sur rendez-vous. Ce n'était pas une fille ordinaire, habituée des trottoirs. Il pourrait arpenter les rues de Rennes pendant des jours, il n'avait que très peu de chances de se retrouver face à face avec elle.

Mais ce qui le tourmentait par-dessus tout, c'est que Linda ne lui avait pas caché que, dans sa clientèle, il y avait de très honnêtes et très respectables notables et bourgeois, auxquels elle donnait généreusement ce que leurs femmes ne leur accordaient que très parcimonieusement, ou dans un total désenchantement. La petite garce, vicieuse et bien roulée, marchande de plaisirs, avait des relations, pour ne pas dire des protections. Viviant se disait donc que son sort était entre les mains de Linda, et qu'il n'y pouvait rien.

Ce qu'il ignorait, c'est qu'une autre femme, près de chez lui, connaissait, elle aussi, l'existence du laboratoire dans le sous-sol de sa maison et l'avait même visité.

CHAPITRE X

Viviant eut beaucoup de mal à sortir du profond abattement dans lequel l'avait plongé son échec sur Linda, ainsi que la fuite de celle-ci.

Désemparé, c'est machinalement, ayant horreur du désordre, qu'il se mit à débarrasser le champ de bataille érotique et orgiaque de la veille au soir de tous ses cadavres incongrus.

Le midi, il déjeuna, dans la cuisine, des dernières tranches de saumon laissées pour compte. Le repas vite expédié, il descendit au bord de la rivière. Il faisait une belle journée. Sa barque était toujours là, amarrée au ponton. Il ne ferait rien de bon aujourd'hui à la maison. Mieux valait donc la fuir un moment. À l'île aux Pies, il serait bien. Là-bas il oubliait ses ennuis. Ses soucis s'y estompaient, comme s'ils se diluaient au fil de l'eau, emportés par le courant. C'est dans le silence de cette île minuscule et déserte que, souvent, lui venaient ses meilleures idées, qu'il élaborait ses projets les plus audacieux. À croire que le vol lourd d'un héron cendré, le passage d'une bande de canards sauvages, lui apportaient réponses et solutions à ses interrogations et à ses problèmes.

Il rassembla rapidement son matériel de pêche, fixa le moteur à l'arrière de la barque et partit vers son refuge solitaire. Et puis, dans le pays, ne lui fallait-il pas continuer à donner l'image d'un homme paisible, tranquille ? D'un brave homme. D'un veuf sans histoires, qui n'a vraiment pas eu de chance avec ses trois femmes.

Cela faisait déjà plusieurs mois que sa dernière épouse était morte. Et Viviant savait bien qu'il ne pouvait longtemps se passer de présence féminine.

Vivre seul. Manger seul. Dormir seul. Parler seul. Entrer dans une maison avec les murs qui restent muets. Il y a des silences qui ne sont ni d'or, ni d'argent, mais de plomb. L'existence solitaire, bienfaisante pendant quelques jours, devient insupportable à brève échéance. En tout cas, ne lui convenait absolument pas. Il n'avait pas la vocation monacale de l'ermite.

Il était donc temps pour lui de poursuivre ses approches vers Armelle Dréan, de lui tendre ses ultimes filets. Au cours de sa dernière visite, il y avait une quinzaine de jours, Armelle était devenue sa maîtresse, sans lui avoir opposé une bien farouche résistance. Juste assez cependant pour lui montrer qu'elle n'avait pas l'habitude d'accorder de telles faveurs au premier venu. La dernière hésitation vaincue, envolée, Armelle avait succombé avec toute la volupté d'une femme trop privée du plaisir pendant sept longues années de veuvage. Armelle était sensuelle. Ce qui n'était pas pour déplaire à Viviant. Bien au contraire.

Il avait fait la connaissance de cette femme,

encore belle malgré la cinquantaine, d'une façon assez particulière, un mois seulement après la mort de sa troisième épouse.

Quand il allait pêcher à l'île aux Pies, il emportait toujours un peu de lecture. Journaux et revues le plus souvent. Pour les jours où les poissons boudent au fond de l'eau, ou refusent obstinément de mordre aux leurres et aux appâts, se contentant de venir les humer d'une manière qu'un pêcheur consciencieux trouve désobligeante et narquoise. Cette façon dédaigneuse qu'ont les poissons, certains jours, de venir tournicoter autour du bouchon, puis de s'éloigner d'un coup de queue tapageur et désinvolte, met parfois à rude épreuve la patience légendaire du pêcheur. Il y a même des poissons qui poussent l'arrogance jusqu'à faire des bonds hors de l'eau pour bien montrer leur désapprobation.

Donc, un jour où les poissons faisaient mauvaise tête et passaient au large, Viviant s'était plongé dans la lecture d'un article sur la pêche des poissons de rivière, de la truite plus particulièrement. Un article paru dans le dernier numéro du *Chasseur français*, et qui l'avait laissé très sceptique quant aux résultats escomptés. Feuilletant la revue plus avant, il était tombé sur une interminable litanie d'annonces matrimoniales. Une dizaine de pages sur plusieurs colonnes. Rien de moins.

Côté femmes, les veuves étaient les plus nombreuses. Auraient-elles le don d'épuiser les hommes, histoire d'en changer ? En tout cas le catalogue était séduisant. Peut-être vivent-elles leur solitude plus difficilement que les autres ? Elles étaient classées selon leur âge – par décennie – 20, 30, 40, 50, 60 et plus. Viviant n'avait pu s'empêcher de penser qu'il aurait été plus intéressant, plus pratique, plus judicieux de les classer selon le montant de leur fortune. Cette réflexion légèrement cynique l'avait fait sourire. En somme un peu comme dans l'*Argus* des voitures d'occasion : année, prix. Ensuite, état de la carrosserie et du moteur.

Il avait choisi d'approfondir la tranche des cinquante ans, considérant les plus jeunes, les trente-quarante, comme devant être trop gourmandes et peut-être même tentées de trop vite l'épuiser, afin de l'envoyer plus rapidement *ad patres* et *ad vitam æternam*, pour toucher l'héritage. Merci, mais ça, il savait faire ! La cinquantaine lui convenait mieux, à condition toutefois que la beauté n'en fut pas trop absente ou trop fanée, et la dot pas encore trop grignotée. Exigence élémentaire : de beaux restes sous tous rapports.

L'une de ces annonces avait attiré son attention plus que la plupart des autres, assez semblables, assez banales. Son énoncé, bien que très laconique, renfermait des promesses tellement palpables :

« Veuve, sans enfants, ni charge, jeune de cœur et d'esprit, très câline, villa bord de mer, avoir... désire refaire sa vie... etc. » Viviant avait relu plusieurs fois l'annonce et pensé qu'il y avait au moins trois mots qui méritaient d'être examinés de plus près :

Villa – Avoir – Câline

Le soir même, revenu chez lui, il s'était mis aussitôt à écrire une belle lettre, en y mettant ce qu'il fallait de sérieux, de courtoisie, de charme et de galanterie. Les trois qualités principales de la dame méritaient bien quelques efforts d'écriture. Il lui avait fallu griffonner au moins quatre brouillons pour parvenir au texte définitif, qui devait, avait-il pensé, couler comme du miel dans la bouche de la déjà tendrement aimée, et lui ouvrir tout grand son cœur et ses bras... en attendant de recevoir la clef de sa villa, et la jouissance de sa fortune.

— Mais ne précipitons pas les choses, s'était dit Viviant, se parlant à lui-même et à haute voix, comme il avait souvent l'habitude de faire quand il était seul.

Il avait déjà consommé trois femmes et consumé deux d'entre elles. Et ces deux dernières à une allure jugée tout à fait immodérée, par certaines gens du pays. En conséquence de quoi il convenait de rester prudent. Ne pas donner la quatrième trop vite en pâture aux mauvaises langues.

D'ailleurs, pour ne susciter aucun nouveau commérage, il avait décidé qu'il n'amènerait pas de sitôt une nouvelle femme à Galixt-sur-Aff. Il s'arrangerait pour aller vivre chez elle, à condition toutefois que la demeure fût agréable et confortable.

*
* *

À peine huit jours après avoir posté sa lettre, Viviant avait reçu une réponse. Au fur et à mesure de la lecture de celle-ci, facilitée par une belle et grande écriture, il ne pouvait que se féliciter d'avoir si bien su trouver les mots qui ouvrent les portes du cœur.

Sa correspondante s'appelait Armelle Dréan. Armelle, le joli prénom ! Elle habitait une villa à Port-Navalo et ne demandait qu'à répondre à un rendez-vous pour une première rencontre. Elle donnait son numéro de téléphone. Le sésame des *Mille et Une Nuits* et la caverne d'Ali Baba.

Le rendez-vous avait été fixé pour un midi, en face du port de Vannes, au restaurant *Don Camillo*. Un restaurant italien pour une déclaration d'amour, n'était-ce pas un heureux présage ? Même si ce n'était pas encore Venise en gondole...

C'est Armelle qui était arrivée la première, voulant sans doute faire mentir la fâcheuse réputation de la femme éternellement en retard, et par-là même se voir attribuer le premier bon point. Viviant, quand il voulait, savait se montrer galant, être drôle et spirituel. Toutes qualités fort appréciées des femmes, même si ce n'est qu'un agréable paravent cachant des réalités quotidiennes moins enchanteresses. Armelle Dréan, elle, avait des dons très réels de séductrice. Les jeux de l'amour avaient donc commencé sous les meilleurs auspices. Dans le coin le plus intime de la grande salle, couleur rose, les choses allèrent très vite entre les deux nouveaux amoureux.

La serveuse qui avait la charge de leur table avait, du premier coup d'œil, deviné que ce n'était pas là mari et femme. Ceux-ci parlent peu à table, tandis que les amants, eux, sont bavards de paroles prononcées à voix basse, de regards tendres, de mains qui se cherchent pour les caresses préliminaires.

Tous les serveurs de restaurant du monde savent ces choses-là, savent faire la différence. Et les amants, offrant des pourboires plus généreux, méritent davantage d'attention et d'être mieux servis.

L'après-midi, après une courte promenade le long du port, Viviant avait proposé une balade en voiture, autour du Golfe. Armelle avait accepté avec joie, et la sortie s'était achevée par la visite de la maison de Port-Navalo. La villa avait séduit Viviant encore beaucoup plus que la femme qui l'habitait. Assis sur son pliant, sur la berge de l'île aux Pies, Viviant considéra que les événements méritaient d'être accélérés. Il lui fallait surtout oublier Linda. Ne jamais rester sur une défaite. Demain il irait à Port-Navalo et proposerait à Armelle de fixer une date pour le mariage.

Une date assez rapprochée. Tant pis pour les convenances et la décence publique qui veulent, un peu hypocritement, que l'on ne comble pas trop vite une place laissée vacante dans le creux d'un lit.

CHAPITRE XI

Le lendemain matin, à dix heures, Viviant était à Port-Navalo. Il n'avait pas prévenu Armelle, voulant lui réserver la surprise. Habituellement, il n'arrivait que le vendredi soir, pour passer le week-end. Or, il n'était que jeudi.

Avant de sonner au portail d'entrée, Viviant ne put s'empêcher de suivre le sentier qui longe la villa d'Armelle et débouche au bord de la falaise. Un promontoire qui domine l'entrée du *Mor Bihan*, le Golfe, petite mer intérieure que d'aucuns n'hésitent pas à appeler « la Méditerranée bretonne, capricieusement dentelée de criques et de caps, nourrie de ruisseaux et semée d'îles ».

Décidément, cet endroit lui plaisait. Quant à la villa toute proche, située dans un cadre aussi admirable, elle était tout simplement splendide.

Une de ces vieilles demeures bretonnes, toute de granit, austère et fière sous son chapeau d'ardoises. Une maison comme seuls prenaient le temps d'en construire autrefois les compagnons et maîtres artisans.

Solide comme le roc, la villa était faite pour durer des siècles, et résister aux pires tempêtes d'hiver. Plantée sur cette hauteur, une face vers la mer, une autre vers le Golfe, de ses fenêtres la vue s'étendait sur le grand large, l'Océan, rien que l'Océan, jusqu'au fond de l'horizon où mer et ciel se fondent dans un halo indistinct. Et il suffisait de se tourner à moitié pour admirer, d'un autre côté, vers l'intérieur des terres, jusqu'à Vannes, ce Golfe, merveille d'eau et de verdure, véritable joyau. Peu de régions au monde ont la chance de posséder décor aussi beau.

De la villa, c'était un spectacle continuel qui se déroulait sous les yeux, bateaux de pêche partant en mer ou revenant au port, au rythme des marées, vedettes chargées de touristes allant visiter Belle-Île-en-Mer et l'île de Houat, voiliers déployant leurs ailes multicolores. L'Océan, lui, selon l'humeur du ciel, offrait toute la gamme des bleus, des verts, jusqu'aux gris d'acier, aux gris de plomb.

Viviant convoitait la demeure d'Armelle. De vieux meubles bretons, patinés par les ans, et qui ont vu passer plusieurs générations d'une même famille, donnaient un cœur et une âme à chacune des grandes pièces de la maison.

Comment ne pas désirer vivre ici ? Ne pas souhaiter devenir le bienheureux propriétaire de ce logis de rêve ? À chaque fois qu'il y venait, Viviant sentait monter en lui un besoin de plus en plus fort de possession. Il possédait déjà la femme, et un peu plus à chaque visite. À quand la maison ?... À lui... À lui tout seul ?

Un vol de mouettes criardes, passant quelques mètres seulement au-dessus de sa tête, le fit sortir de sa rêverie. Il se dirigea vers la villa d'Armelle, Les Hortensias, située à quelques pas. Le verrou du portillon qui ferme le petit parc, côté mer, n'était pas poussé de l'intérieur. Il entra. N'était-il pas, chaque semaine, un peu plus chez lui ?

Le bruit des gonds rouillés trahit Viviant. Armelle, qui faisait le ménage au salon, entendit leur grincement et vint à la fenêtre. Elle poussa un cri de joie, disparut, et se retrouva sur le perron en même temps que Viviant.

Ils se jetèrent dans les bras l'un de l'autre, avec toute la force de l'amour, de celui que l'on éprouve lorsque l'on a vingt ans. Mais eux deux, n'étaient-ils pas un peu trop vieux pour de telles folies ?

Viviant, se voulant résolument de bonne humeur, pour refouler au loin la vision de Linda et oublier sa fuite, proposa une fois encore de faire le tour du Golfe. Ce Golfe inépuisable, qui offre toutes les possibilités de détours par des endroits secrets, où les amoureux aiment venir faire leur nid, pour un jour, pour un après-midi, à l'abri des regards trop curieux. Viviant proposa d'aller déjeuner, juste en face, de l'autre côté de la passe, à la pointe de Quiberon.

Armelle qui n'avait prévu qu'un déjeuner pour elle seule... c'est-à-dire très peu de chose... salua avec joie une aussi agréable proposition.

— Le temps de me faire belle, dit-elle en riant. Je monte cinq minutes dans ma chambre.

Viviant la suivit dans l'escalier.

— Chérie ! Mais c'est seulement pour t'offrir mes services, affirma-t-il, malicieux.

Armelle fit semblant de le gronder, mais

ne refusa pas son aide.

Ils arrivèrent vers treize heures à Quiberon. Sur le front de mer, une bonne dizaine de restaurants s'alignent presque côte à côte. Viviant déclara, tout de go, et sur un ton qui n'admettait pas la réplique, qu'il n'aimait pas les restaurants affichant trop de prétention. Ils flairent l'attrape-nigaud, veulent jouer aux palaces sans en avoir la classe. Il arrive souvent que les maîtres d'hôtels, serveurs, sommeliers y sont plus nombreux que les clients. Des restaurants où seules les additions sont réputées, et où certaines gens ne vont qu'une fois, pour s'y faire voir et pouvoir ensuite se vanter d'y avoir été (même si elles ont très mal digéré l'addition). Et Viviant termina sa diatribe atrabilaire par ce diagnostic : « Le snobisme, que voulez-vous, a parfois ses maux d'estomac... »

Armelle riait. Viviant continua en disant qu'il préférait le petit restaurant sans prétention, où la patronne commande en cuisine et le patron dirige en salle, en servant parfois à un client par trop constipé une de ces bonnes plaisanteries gauloises qui appartiennent au riche florilège des traditions françaises et rendent l'atmosphère aussi conviviale qu'au regretté temps de Rabelais.

Donc Viviant entraîna Armelle au restaurant *La Criée*, à proximité du port de pêche, en lui promettant de lui faire connaître un jour *Le Grandgousier* à Rennes.

Et c'est là, à *La Criée*, au cours du déjeuner – et non tout à fait innocemment – que Viviant avoua à Armelle que la solitude lui devenait pesante, que la semaine était longue, et les retrouvailles du week-end bien courtes, qu'il aimerait ne plus la quitter. En clair qu'il désirait un mariage aussi proche que possible.

Armelle, qui n'attendait que cela depuis plusieurs semaines, lui répondit qu'elle était prête, et qu'en fait il ne s'agissait plus que de régulariser officiellement leur situation d'amants. Elle osa même avouer – en baissant le ton pour être sûre de ne pas être entendue des convives de la table voisine – qu'étant chrétienne, quoique non pratiquante, au fond d'elle-même il lui en coûtait, d'une certaine façon, de vivre, à chaque week-end, dans le péché de chair. À l'entendre faire un tel aveu, avec un très léger rouge au front, Viviant, qui commençait à bien la connaître, pouvait se demander si c'était honte véritable, hypocrisie, ou désirs refoulés ? Ou un peu des trois ? Il fut décidé que la date du mariage serait fixée le soir ou le lendemain au plus tard.

*
* *

L'après-midi, à peine furent-ils rentrés à la villa de Port-Navalo, qu'un couple de vieux amis d'Armelle, habitant Vannes, se présenta à l'improviste pour lui rendre visite. La journée était si belle, dirent-ils, qu'ils avaient quitté la ville et étaient venus se fortifier les poumons à l'air du large. Et lui rendre un petit bonjour au passage. Armelle était ravie.

— Mais tu as déjà quelqu'un, continuèrent-ils, en apercevant Viviant qui débouchait d'une allée. Nous ne voulons surtout pas te déranger.

— Au contraire, bien au contraire, répondit Armelle toute joyeuse. Entrez tous les deux. Soyez les bienvenus. Venez que je fasse les présentations. Vous allez être les premiers à connaître la nouvelle.

— Voici les Madec, de bons amis de Vannes, des amis de toujours, annonça Armelle, en s'avançant avec eux au-devant de son amant. Et voici André Viviant, un chimiste-biologiste parisien, en retraite à Galixt-sur-Aff.

Puis, après avoir hésité quelques secondes, Armelle ajouta, avec une pointe de malice dans la voix, et qui voulait tout dire :

— Pour ne rien vous cacher, André est devenu un peu plus qu'un ami. Nous pensons nous marier dans quelques mois.

— Félicitations, Armelle ! dirent ses amis, une fois la surprise passée. Si on s'attendait... Bravo ! Tu as bien raison de ne plus vouloir rester seule.

Madec, l'ami breton, rompant le silence qui suivit, se tourna vers Armelle et lui déclara avec humour :

— Mais tu sais que ça s'arrose, des choses pareilles !

Tous rirent, apparemment de bon cœur. Si un moment plus tard quelqu'un était passé près de la maison, il aurait pu voir, et surtout entendre, un bouchon de cidre bouché sauter au plafond du grand salon, ratant de peu un lustre magnifique, fait de l'authentique roue à barre d'un très ancien bateau de pêche.

Chapitre XII

Auguste Floch habite le vieux Vannes, au cœur de la cité authentique, de l'historique, à deux pas de la cathédrale Saint-Pierre. Le plein centre touristique, avec ses vieilles maisons à colombages, ses musées pétris d'histoire locale, cachés au creux des rues étroites.

Sa maison est l'un de ces très anciens logis à encorbellement, avec poutres apparentes sculptées de figures naïves, fierté et témoignage du savoir-faire des artistes bretons de jadis. La façade du logis donne sur la place Henri-IV, une des places les plus photographiées par les touristes, tant elle a su conserver ce caractère moyenâgeux qui surprend en cette agonie du XXe siècle design. Auguste Floch, en cette fin de soirée printanière, était assis dans son habituel et confortable fauteuil en cuir, près de l'une des fenêtres, qui donnent précisément sur la place, où l'animation est continuelle, et changeante suivant les heures de la journée. Il avait un livre grand ouvert entre les mains, mais, en fait, il ne lisait guère. Il était en train de rêvasser entre les lignes, quand il entendit la sonnerie de la porte d'entrée.

Il se leva sans hâte. Eh dame ! Il n'avait

plus vingt ans, le frère d'Armelle. C'est qu'il était l'aîné de plus de douze ans de cette petite sœur, venue sur le tard, et avec laquelle il s'était fâché, pour une sordide question d'héritage. Avant de libérer le verrou, un coup d'œil au judas, pour vérifier s'il ne s'agissait pas d'un indésirable, auquel cas il ferait silence, comme d'habitude, comme souvent. Ancien juge d'instruction, aujourd'hui en retraite, il était méfiant, le vieux Floch. Il n'ouvrait pas sa porte au premier venu. Patte blanche d'abord !

— Ah ! Les Madec ! s'écria-t-il, en tournant la clé dans la serrure. Tu n'as donc plus de whisky chez toi que tu te pointes juste pour l'heure de l'apéritif ? ajouta-t-il en donnant une solide tape de bienvenue sur l'épaule de son vieil ami.

— C'est pas tellement ça ! répondit Madec. J'en ai encore un fond de bouteille. Mais le tien est quand même bien meilleur... et il me coûte moins cher.

Ils avaient ainsi l'habitude de se taquiner mutuellement. Madec enchaîna tout naturellement que ce n'était pas une si mauvaise idée de boire un petit coup. Tant pis pour le cholestérol ! Après tout, un whisky, fallait bien ça pour arroser la noce...

— La noce ? Quelle noce ? interrogea Floch. Qui, de nos jours, a encore envie de se marier ? Un curé avec une bonne sœur ? Le concubinage, c'est tellement plus pratique. Je te veux. Je te prends. Je te veux plus. Toi non plus. J'aime ailleurs. Toi aussi. *Kenavo* ! Pas de belle-mère à t'emmerder, à venir foutre son grand nez dans tes affaires ! La belle vie, quoi ! Les temps modernes, il n'y a pas à dire, ça offre de sacrés avantages. De notre temps, pas vrai Madec ? fallait se cacher pour tromper sa femme. Des ruses de Sioux qu'il fallait inventer. Des horaires pas possibles. Aujourd'hui, tu invites ta maîtresse à la maison. On se pousse un peu dans le lit. C'est plus simple. L'amour à trois ou quatre, pardi ! C'est bien meilleur. Le grand défoulement communautaire. Il suffit tout bonnement de prévoir des lits plus larges, et avec des ressorts plus solides qu'autrefois.

— Auguste, arrête, tu me fais honte ! s'écria Mme Madec, absolument outrée. Il s'agit de ta sœur, Armelle.

— Armelle ? Qu'est-ce qu'elle vient foutre là-dedans ? s'étonna Floch.

— Eh bien ! Figure-toi qu'elle convole.

— Elle con... quoi ? Tu vas pas me dire qu'à cinquante berges elle a des démangeaisons au...

Floch préféra ne pas continuer, pour ne pas devenir grossier.

— Eh si, Auguste ! Et même que c'est tout ce qu'il y a de plus sérieux, à ce qu'on a pu voir cet après-midi.

— Alors là, Madec, dit Floch décontenancé, va chercher la bouteille et sers-moi la dose corsaire. Tu fais le borgne, tu verses en faisant semblant de regarder ailleurs. Et après tu t'excuses d'avoir eu la main un peu lourde, et d'avoir forcé la mesure. Enfin tu connais ! Moi, je m'assois pour ne pas tomber à la renverse. Je sens que je vais me trouver mal. Racontez-moi ça.

Mme Madec fit le récit de la visite faite à Armelle l'après-midi à Port-Navalo. Floch écoutait sans broncher, se contentant de siroter de temps en temps une gorgée de whisky. Quand Mme Madec eut terminé de tout raconter, et dans le moindre détail, Floch resta un moment silencieux.

— Après tout, finit-il par dire, si elle tombe sur un brave homme, je ne vois pas où serait le mal. Ça ne doit pas être drôle tous les jours de vivre seule dans sa grande maison. L'hiver surtout, quand la mer se lance comme une folle à l'assaut de la falaise. Une sarabande infernale de tigres, de hyènes, de lions, rugissant, face au vent, jusqu'au pied de la villa. Il y a des nuits à prendre peur. On s'est fâché tous les deux, après la mort des parents, à cause de l'héritage. Chacun voulait tout garder. Au fond ça serait peut-être l'occasion de renouer ? Je l'aime bien, cette sacrée petite Armelle. Quel dommage qu'elle ait la tête aussi dure que la mienne ! Mais ça... c'est la faute des parents... Ça remonte à des générations... Une spécialité de fabrication Floch... Des têtes de granit... Ça ne cède jamais. Personne n'y peut rien. Mais ça n'a pas mauvais cœur...

— Ouf ! soupira Madec. Auguste ! Si tu savais comme on est heureux que tu le prennes comme ça.

— Oh ! Mais attendez, les amis, dit Floch. Je n'ai pas dit oui. Je sais bien qu'Armelle n'a pas besoin de mon consentement. Je voudrais tout de même avoir des renseignements sur mon futur beau-frère. Parce que moi, j'aurais préféré un Breton plutôt qu'un Parisien. Là, Armelle me déçoit. Je pensais qu'elle aimait la Bretagne davantage que ça.

Sur ce, en bougonnant, il alla à son bureau, dans un coin du salon, et revint avec une fiche et un stylo.

— Donnez-moi donc les nom, prénoms, âge, profession et domicile de cet énergumène, dit-il le plus sérieusement du monde.

— Levez la main droite et dites je le jure ! répliqua Madec.

Tous les trois ne purent s'empêcher d'éclater de rire.

— Auguste ! Tu resteras juge d'instruction jusqu'à quel âge ? Ça te manque tellement, les enquêtes policières ?

— J'avoue, répondit Floch, que rester vingt ans juge d'instruction, ça vous laisse des traces et des manies. La preuve. Je ne me suis pas rendu compte. Si je vous demande tout ça, continua Floch, c'est pour Armelle. Supposez que son prétendant soit un criminel. Vaut mieux l'arrêter avant le mariage qu'à la sortie de l'église. Vous voyez la scène. Le marié partir entre deux gendarmes... Le voile de la mariée qui monte tout seul au septième ciel... Comme un cerf-volant.

Il fallut aux Madec, mari et femme, un sérieux effort de mémoire pour satisfaire la curiosité de leur ami. Eux n'avaient pas pris un crayon et un papier pour tout noter au fil de la conversation. Floch réussit pourtant à remplir sa fiche avec les renseignements indispensables.

Nom : Viviant (avec ou sans t)

Prénom : André

Âge : 60 ans environ, peut-être moins, peut-être plus.

Profession : chimiste-biologiste en retraite.

Domicile : Galixt-sur-Aff. Maison bord rivière.

— Galixt-sur-Aff, mais c'est là-bas que s'est retiré l'ami Hervé...

— Qui ça ? demanda Madec.

— Hervé Kermeur, tu sais bien, l'avocat à la voix de ténor, qui faisait vibrer tout le palais de justice. Oh ! Mais l'enquête va être facilitée. Il va nous mener ça tambour battant. Je vais lui téléphoner dès ce soir. Surtout pas un mot à Armelle. Que ça reste entre nous. Je vais demander à Kermeur d'agir dans la plus grande discrétion. Dans les petites villes, ce genre d'enquête est facile. Tout le monde se connaît. Il faut simplement ne pas se laisser piéger par les commérages. Mais Kermeur a l'habitude de faire la différence entre les vérités et les affabulations.

Les amis Madec et Floch se quittèrent de bonne humeur. Ils se voyaient presque tous les jours. Après leur départ, Floch resta pensif un long moment. Debout devant sa fenêtre, c'est à peine s'il voyait la foule qui déambulait sur la place Henri-IV.

— Chimiste, finit-il par dire tout haut... Chimiste, quelle drôle de profession... Et Parisien ! Manquait plus que ça dans la famille ! Heureusement qu'Armelle n'est plus en âge de faire des marmots ! Les neuf mois à peine révolus, voilà qu'un bâtard se pointe et qu'à peine né il se met à brailler avec l'accent de Ménilmuche : « Salut les potes ! » Tu parles d'une gloire ! C'est du coup, mes aïeux ! qu'on entendrait des chuchotements dans les rangs des menhirs de Carnac. Il y en a même qui seraient capables de déserter pour aller s'installer ailleurs. Il y a des croisements à éviter si l'on veut préserver certaines races pleines de qualité.

Floch haussa les épaules. Chimiste ! Un de ces coupeurs de cheveux en quatre, et qui analyse fibre et racine à la loupe, et qui vous dit scientifiquement : « Monsieur, vous êtes chauve ? C'est pas étonnant, vous avez le cuir chevelu qui s'est tellement desséché et endurci qu'il est devenu lisse et improductif comme une peau de tambour. Rien ne peut plus pousser dessus. Il faut l'arroser et le frictionner avec la lotion Supergluepétrolifère. Miraculeux ! Deux fois par semaine vous allez voir une coiffeuse masseuse thaïlandaise. Elle vous fera ça très bien. Garanti ou remboursé. Vous pouvez déjà acheter une tondeuse à gazon japonaise. Ça va pas tarder à repousser. Et souvenez-vous en, plus vous coupez souvent et ras, et plus ça repousse dru. — Ah bon ! Merci bien, monsieur le chimiopathe. Une tondeuse thaïlandaise et une masseuse japonaise. Je vais m'occuper de ça. — Mais non, cher monsieur, il y a confusion. La Thaïlande ne fabrique pas de tondeuses à gazon. C'est le Japon. — Ah bon ! Vous savez, moi je suis jamais sorti de ma Bretagne natale, alors la géographie et la chimie, ça me donne mal au ciboulot. De mon temps, on sevrait jeune. Pas de vilaines habitudes. On m'a pas laissé, aussi longtemps que j'aurais aimé, téter et caresser les deux mamelles de la France. Celles de ma nourrice étaient superbes. Alors vous comprenez, moi je sais pas faire la différence entre les mains d'une Thaïlandaise, d'une Japonaise ou d'une Martiniquaise... Tout ça, c'est tellement exotique ! »

La dose corsaire tirebouchonnait sous le chapeau rond du vieux Breton, provoquant de grosses vagues à l'âme, une tempête sous un crâne. Il est vrai que nous étions à l'approche des grandes marées d'équinoxe. C'est comme les temps de pleine lune, ça vous travaille toujours un peu les sangs. Faut laisser passer les jolis nuages.

Chapitre XIII

Les Madec étaient partis depuis une heure environ lorsque Floch Auguste, pleinement redescendu sur terre, les effluves alcooliques dissipés, composa le numéro de téléphone de son ami Hervé Kermeur.

Après les salutations d'usage entre vieux amis qui entretiennent les meilleures relations du monde, Floch en vint au fait :

— Kermeur, j'ai un petit service à te demander, ou plutôt un petit travail à te confier, mais à exécuter sur la pointe des pieds, pour ne pas faire de vagues.

Et Floch raconta ce qu'il attendait de son ami : savoir qui était Viviant.

Kermeur écouta son ami jusqu'au bout, sans l'interrompre, sans poser la moindre question, puis, prenant la parole à son tour, déclara sur un ton offusqué et de reproche :

— Auguste ! Est-ce que tu te rends bien compte de ce que tu es en train de me demander ?

— Oui ! Non ! Pourquoi ? demanda Floch, interloqué. Ça te gêne ? Ça te dérange ?

— Oh ! C'est pas ça, dit Kermeur, mais avoue qu'un juge d'instruction qui confie l'enquête à un avocat, il y a de quoi surprendre, ça sort même tellement de l'ordinaire que ça mérite réflexion, sans compter que ça me paraît pas très légal. Tu as demandé l'avis du procureur ?

À chaque bout du fil on entendit un gros éclat de rire.

— C'est vrai, dit Floch, après avoir retrouvé son sérieux, que je n'avais pas pensé à cet aspect réglementaire des choses.

— Bien sûr que ça ne me dérange pas ! reprit Kermeur. Au contraire, Auguste, je commençais à sentir mes méninges s'engourdir. Et puis, il ne me faudra pas faire un bien gros effort. L'enquête ne sera pas longue. Le personnage est connu à Galixt-sur-Aff. Depuis son arrivée dans le pays, il y a plusieurs années, il a fait pas mal jaser. C'est un grand consommateur de femmes. Mais, dis-moi, pourquoi t'intéresses-tu à ce Viviant ?

— Parce qu'il tourne autour de ma sœur Armelle, répondit Floch.

— Quoi ? Ah non, pas ça ! s'écria Kermeur. Pas ça ! Armelle doit couper court. Il ne faut pas qu'elle soit la quatrième...

— La quatrième quoi ? interrogea Floch inquiet.

— Mais, Auguste, la quatrième femme de Viviant ! Il est diabolique, cet homme-là. Il faut pas... Écoute, Auguste, on est jeudi soir. Si tu venais mardi, on pourrait déjeuner ensemble, et ça me laisserait le temps d'interroger, dans la journée de lundi, une personne qui doit savoir des choses.

— Eh bien d'accord ! dit Floch. C'est noté, mon cher inspecteur, j'arrive chez vous en fin de matinée, le temps d'entendre votre rapport, de clore l'enquête, et d'arrêter le coupable...

Ils riaient tous les deux en raccrochant leur téléphone.

*
* *

Hervé Kermeur, avocat en retraite, habite une villa située à la sortie de Galixt-sur-Aff, sur les hauteurs de la petite bourgade. Sa maison domine toute la vallée, et de sa terrasse on aperçoit, en bas, la rivière qui trace avec nonchalance son sillon à travers les prairies, les bois, et jusqu'au pied des collines. La villa est distante d'environ cinq cents mètres de la maison de Viviant. Mais cette dernière, située au bord de l'Aff, est sur la rive opposée, presque en face du petit port de plaisance. L'hiver, quand les feuilles sont tombées, Kermeur peut apercevoir la maison à moitié cachée par les arbres.

Les deux hommes ne se fréquentaient pas, et d'ailleurs ne se connaissaient qu'à peine. Ils s'étaient rencontrés pour la première fois à l'enterrement de la femme de Viviant, de Mme Viviant numéro un, qui était originaire du pays et avait été une amie d'enfance de Mme Kermeur.

Depuis lors, ils s'étaient croisés deux ou trois fois chez le marchand de journaux ou dans les rues du bourg, se contentant d'échanger un bref salut de la main. Il faut dire que ni l'un ni l'autre ne sortait beaucoup. Kermeur passait une bonne partie de la journée à lire. À l'époque où il exerçait, il avait emmagasiné une impressionnante quantité de livres. « C'est pour la retraite », disait-il. Quant à Viviant, à part quelques parties de pêche à l'île aux Pies, un peu de jardinage, on ne savait pas grand-chose de lui.

Mais Kermeur n'était pas sans connaître les rumeurs qui circulaient dans le pays sur le compte de Viviant. À plusieurs reprises celui-ci avait défié la chronique.

Était-ce un don Juan ? Ou un Landru ? Ou les deux à la fois ? On commençait à se poser sérieusement la question.

Il était à peu près acquis que la mort de sa première femme avait été « hâtée ». Atteinte par un de ces terribles cancers qui font souffrir – hélas ! – pendant de longs mois avant de faire mourir, aux yeux de beaucoup elle était décédée un peu trop subitement. Le mot « euthanasie » était venu sur bien des lèvres. Connaissant son état, avait-elle, elle-même, décidé d'en finir ? C'était peu probable. Elle était trop catholique pour mettre fin à ses jours délibérément. Le suicide n'est pas tellement bien vu par l'Église des curés. On chuchotait volontiers que c'était plutôt son mari qui avait voulu lui épargner les dernières et inutiles souffrances. Le docteur n'avait pas fait de difficultés pour le permis d'inhumer. Donc les choses devaient être en ordre. N'empêche qu'il y avait pas mal de soupçons qui traînaient dans les rues !

Ce qui choqua, ce fut la suite. Vite oubliée et vite remplacée. Viviant s'était remarié, à peine un an plus tard. Et il devait perdre sa deuxième femme d'une manière aussi brutale que la première, et dans un délai si court que cela avait paru peu convenable. Était-ce malchance ? On racontait que, cette fois, l'héritage était conséquent. Cela suffisait à alimenter de nombreuses conversations.

Enfin ce fut un troisième mariage et le tour pour cette troisième malheureuse épouse de succomber non moins brusquement que les deux premières. Alors là, il y avait eu des questions et des interrogations qui résonnèrent de plus en plus fort sur les trottoirs de la petite ville. L'expression populaire « jamais deux sans trois », maintes fois entendue et répétée, avait en l'occurrence quelque chose de macabre.

Comme on savait que Viviant avait été plus ou moins chimiste et avait, paraît-il, occupé un poste important dans un laboratoire pharmaceutique, on en déduisait volontiers que concocter une drogue qui fait passer de vie à trépas ne devait être pour lui qu'un jeu d'enfant. Le fait, enfin, que Viviant avait fait incinérer ses deux dernières femmes était presque considéré comme un aveu. Et en plus, disait-on, il efface toutes les traces.

Pourtant, « officiellement », il était déclaré innocent. Le médecin appelé par Viviant pour constater le décès de sa troisième femme avait refusé le permis d'inhumer et demandé une autopsie.Celle-ci n'avait apporté aucun élément accusateur contre le mari ou contre quiconque d'ailleurs.

Alors Viviant s'était déchaîné et avait pris violemment à partie le médecin qui l'avait soupçonné de manœuvres criminelles. Il l'avait fait dans une lettre rendue publique on ne savait trop comment. Bref ! Il y avait eu deux clans. Une moitié de la ville était pour le médecin. L'autre pour Viviant. Dans cet affrontement sournois, ce fut le médecin qui dut s'avouer vaincu. Voyant ses clients déserter son cabinet, il avait préféré aller exercer ses talents ailleurs.

Voilà, aujourd'hui, et en résumé, ce que pouvait dire Kermeur à son ami Floch. Mieux valait, en tout état de cause, qu'Armelle s'écarte du chemin de Viviant. Les femmes de ce dernier semblaient vouées irrémédiablement à des destins tragiques, dans des avenirs de plus en plus rapprochés.

Mais Kermeur soupçonnait Anne Guillo d'en savoir un peu plus que beaucoup d'autres, et que lui, sur Viviant. N'avait-elle pas été aux premières loges ? Il la verrait lundi matin. En attendant il commença à rédiger un bref rapport pour son ami Floch.

Chapitre XIV

Deux matinées par semaine, Anne Guillo était femme de ménage chez Kermeur, et cela depuis des années. Elle avait été aussi celle de Viviant et avait successivement connu ses trois femmes. Kermeur le savait, mais il n'avait jamais voulu l'interroger, estimant que c'était faire montre d'indiscrétion et de curiosité malsaines. Il n'aimerait pas que sa femme de ménage aille raconter partout ce qui se passait chez lui. D'ailleurs il était persuadé qu'Anne Guillo ne se livrait pas à ce genre de bavardages. « Je vois, j'entends, mais je ne rapporte pas. Bouche cousue » était la devise d'Anne Guillo. Et elle avait bien raison. C'était la sagesse même.

Kermeur avait réfléchi tout le dimanche. Il avait fini par se convaincre que, maintenant, les choses étaient différentes. Il s'agissait du sort d'une amie, Armelle. Il se sentirait coupable si, dans six mois ou dans un an, devenue la quatrième femme de Viviant, elle mourait à son tour... brutalement.

Quand Anne Guillo se présenta le lundi matin pour faire le ménage à la villa, Kermeur était bien décidé à la faire parler. Il avait réfléchi sur la meilleure façon de s'y prendre. Par expérience, il savait que jouer sur la corde sensible était, en général, ce qui réussissait le mieux.

— Anne, dit-il, quand celle-ci, après avoir passé l'aspirateur un peu partout, en était arrivée aux menus travaux, j'ai quelque chose qui me tracasse beaucoup. Et j'aimerais bien connaître votre avis. Figurez-vous que votre ancien employeur, M. Viviant, fréquente la sœur de l'un de mes meilleurs amis de Vannes, et il vient de lui proposer le mariage.

— Oh non ! monsieur Kermeur, s'écria aussitôt Anne Guillo. Oh non ! Il ne faut pas. Il faut lui dire...

— Mais oui, Anne, je suis bien d'accord avec vous, mais lui dire quoi ?

— Monsieur Kermeur, je peux avoir confiance en vous ? Si je vous dis des choses, vous ne le répéterez pas ?

— Allons, Anne ! Vous savez bien que j'ai été avocat pendant de longues années. J'ai entendu plus de confessions qu'un curé dans son confessionnal. Et moi, c'était pas de petites confessions. Asseyez-vous, Anne. Dites-moi ce que vous savez. Je voudrais tant qu'il n'arrive rien de mal à la sœur de mon ami... Qu'elle ne soit pas la quatrième femme à mourir si... si bizarrement.

— Eh bien voilà ! dit Anne Guillo, mise en confiance. C'était une dizaine de jours après la mort de sa troisième femme. Moi, je ne voulais plus y retourner. Mais mon mari m'avait demandé de continuer encore deux ou trois semaines avant d'arrêter. Ça ferait moins bizarre, qu'il disait. Il faut d'abord vous dire, monsieur Kermeur, que je faisais le ménage surtout au premier étage, et un peu au deuxième où sont les chambres. Au sous-sol de la maison il y avait le garage, à côté une grande pièce qui servait un peu de tout, un débarras, et en face de la descente d'escalier une autre pièce, toujours fermée à clé. Je ne savais pas ce qu'il y avait dedans. La première Mme Viviant m'avait dit que son mari y faisait quelquefois des photos. Enfin, il y avait la buanderie, où étaient la machine à laver, les séchoirs pour le linge, et, rangés sur des étagères, des produits d'entretien. Donc, ce matin-là, je descendais chercher du nettoyant pour les cuivres, quand j'ai vu, en bas, la porte juste en face de l'escalier, grande ouverte. C'était bien la première fois que je voyais ça, en plus de quatre ans que je descendais au sous-sol. Je n'avais pas de raison de rebrousser chemin. Une fois arrivée, j'ai aperçu par la porte-fenêtre du débarras Viviant au bout du parc, près du ponton sur la rivière. Il était baissé à faire je ne sais pas quoi. D'où il était, il ne pouvait pas me voir. Eh dame ! monsieur Kermeur, mettez-vous à ma place, j'ai regardé ce qu'il y avait donc de si mystérieux dans cette pièce toujours fermée. Ce que j'ai découvert, m'a donné un drôle de choc. Vous pouvez être sûr. Je m'attendais à tout, mais pas à ça. C'était impressionnant. Tout un laboratoire, comme on voit des fois à la télé, lorsqu'ils nous montrent des chercheurs en train d'essayer de trouver des médicaments contre le cancer. Les murs, jusqu'en haut, étaient carrelés de faïence blanche. Dans un angle il y avait un grand lavabo, avec plusieurs bacs. Tout autour de la pièce une sorte de comptoir, lui aussi recouvert de carreaux blancs. Et surtout, avec dessus des tas d'appareils compliqués, des microscopes, un agrandisseur de photos comme chez le photographe. Et puis des éprouvettes, des cornues, toutes sortes de tuyauteries en verre, dans lesquelles circulaient des liquides de couleurs différentes. De vrais alambics. C'était, mais en tout petit, un peu l'alambic du père Legal, quand l'hiver il fait bouillir des restants de cidre, pour faire du calva, de la gnôle quoi... Enfin, suspendues aux murs, il y avait plusieurs vitrines remplies de flacons et de boîtes, comme dans une pharmacie. Au milieu de la pièce, une grande table, une table pareille que dans une salle d'opération. Et au-dessus, au plafond, une grosse lampe, comme un projecteur. Le sol était carrelé, lui aussi. En blanc. Tout était d'une propreté méticuleuse.

« Ça m'a donné froid dans le dos. Viviant était toujours près du ponton. D'où il était, il n'avait pas pu me voir. Je n'étais restée qu'une minute. Vous parlez si j'ai vite remonté l'escalier, sans demander mon reste. Je ferais les cuivres un autre jour. Vous me croirez si vous voulez, monsieur Kermeur, mais je tremblais. Il m'a fallu un bon moment pour me remettre. J'avais peur, si vous saviez. J'avais envie de m'en aller.

« Viviant, en revenant à la maison, avait dû se rendre compte qu'il avait oublié de fermer la porte de son laboratoire, parce qu'environ un quart d'heure plus tard il était monté me demander si j'étais descendue à la buanderie.

« — Non, pas encore ce matin, que je lui ai répondu, mais que j'allais peut-être descendre dans un moment, si j'avais le temps de nettoyer le grand chaudron de cuivre, celui plein de cactus. Je lui ai demandé pourquoi il me posait la question.

« — Pour rien, ça n'a pas d'importance, qu'il m'a dit en reprenant l'escalier du sous-sol. Vous comprenez, monsieur Kermeur, j'avais senti qu'il valait mieux mentir. S'il tenait cette pièce toujours fermée, c'est qu'il avait ses raisons. Personne ne devait être au courant.

« Quand, le soir, j'ai raconté ça à mon mari, il m'a surtout bien recommandé de n'en parler à personne... que ce n'était pas nos affaires... qu'il valait mieux ne pas s'en mêler. Mais tout de même, ça cachait quelque chose. Il était préférable que j'arrête d'aller faire des ménages chez cet homme-là.

« Je n'ai pas eu besoin d'avertir M. Viviant de notre décision. En effet, deux jours plus tard je recevais une lettre de lui, me disant que désormais il n'avait plus besoin de mes services, car il allait probablement s'absenter pendant un certain temps. Il m'envoyait un chèque, très généreux, en me remerciant du bon travail que j'avais fait durant ces dernières années. Avait-il peur d'oublier, une nouvelle fois, de fermer la porte de son laboratoire ? C'est ce que nous avons pensé, mon mari et moi.

« Voilà, c'est tout ce que je sais. Et, en dehors de mon mari, vous êtes le seul à qui j'ai raconté tout ça. Vous comprenez, s'il cache si bien l'existence de ce laboratoire, c'est qu'il y a quelque chose de louche là-dessous. Sans ça, pourquoi prendre autant de précautions, et vouloir en faire un mystère ?

— Merci beaucoup, Anne, de m'avoir fait

confiance, conclut Kermeur. Ce Viviant m'a tout l'air d'être un drôle de personnage... Sans doute inquiétant. Il faut que j'avertisse mon ami. Sa sœur court un réel danger. Je m'en voudrais s'il lui arrivait malheur. Ne vous inquiétez pas, Anne, je ferai cela très discrètement. Mais dites-moi, vous avez bien connu les trois femmes de Viviant ? Leurs morts si brutales ne vous ont-elles pas choquée ?

— Oh, bien connu, c'est beaucoup dire ! Je n'étais que la femme de ménage. La première, oui, assez bien, elle était du pays. Sa mort m'a surprise, comme beaucoup de gens. D'habitude on ne meurt pas si rapidement du cancer qu'elle avait. Elle connaissait le mal dont elle était atteinte et se montrait résignée. J'admirais son courage. Peu de temps avant sa mort, elle m'avait dit : “Ma pauvre Anne, je n'en ai plus que pour cinq ou six mois, tout au plus. Ce n'est pas facile de se faire à cette idée-là...” Alors partir du jour au lendemain, il y avait de quoi se poser des questions, monsieur Kermeur... Quand plus tard j'ai connu l'existence du laboratoire, vous pensez !

— Et pour la deuxième femme de Viviant ?

— Ah ! La deuxième, je l'aimais bien. On sentait que ce n'était pas n'importe qui. Elle avait beaucoup d'instruction, lisait beaucoup, et pourtant si vous saviez comme elle était simple et gentille avec moi, qui ne suis qu'une fille de la campagne. Mais elle ne se plaisait pas beaucoup à Galixt-sur-Aff. Elle n'arrivait pas à s'y accoutumer. Un jour, elle m'avait dit qu'elle possédait une maison plus agréable et mieux située dans le Finistère, du côté de la Forêt-Fouesnant. Et puis elle est morte, après une maladie bien courte, bien trop courte à mon avis...

« La troisième femme ! Alors là, je ne sais pas où Viviant avait été la dénicher. Il s'était sûrement trompé sur son compte. Je l'aimais pas du tout. Elle était prétentieuse, autoritaire. Un vrai gendarme. Elle me traitait moins qu'une domestique. Un jour, j'ai bien failli lui jeter mon tablier à la figure en lui disant que son père avait dû être négrier. Mon travail n'était jamais bien fait. Je n'en avais jamais fait assez. Je ne serais sûrement pas restée longtemps à son service. Et puis ils commençaient à se disputer de plus en plus souvent. Pour des riens. L'ambiance n'était pas bonne dans la maison. C'était un mariage qui n'aurait pas duré bien longtemps. Malgré l'autopsie de Rennes, qui n'a rien donné, je vais vous dire, monsieur Kermeur, je continue à croire que sa mort n'a pas été naturelle du tout. La veille au soir, quand j'ai quitté mon travail, elle était en parfaite santé. On ne meurt quand même pas comme ça, sans avoir de maladie !

« Monsieur Kermeur, j'aimerais bien savoir à quoi sert ce laboratoire dans le sous-sol de la maison. Et tous ces produits, et ces liquides de couleurs qui circulent dans des tuyauteries de verre, ces alambics, ces microscopes, ces appareils... et la grande table au milieu ?...

— Anne, croyez-moi, dit Kermeur, maintenant vous n'êtes plus la seule à vous poser la question. Pourquoi ce laboratoire clandestin ? À quoi peut-il bien servir ? N'en parlez à personne, Anne, comme vous avez sans doute eu raison de faire jusqu'ici. Sauf, évidemment, si un jour la police vous interroge. Mais dans ce cas, je vous avertirai auparavant.

Ainsi prit fin la conversation. Hervé Kermeur en avait appris suffisamment pour mettre en garde son ami Floch. Il fallait absolument avertir Armelle qu'elle courait un réel danger si elle continuait à fréquenter Viviant. Quant à l'épouser, pas question !

Chapitre XV

Le lendemain, comme il avait été convenu, Floch arriva, vers onze heures, à la villa de Kermeur, perchée tout en haut de Galixt-sur-Aff. L'ancien avocat était occupé à remplir des petites soucoupes chinoises avec différents amuse-gueule bien français.

— Tu arrives juste pour l'heure de la cérémonie, dit-il, en accueillant joyeusement son ami. Je finissais de préparer l'autel. Nous allons prendre l'apéritif tranquillement ici, ce qui va me permettre de te présenter ton très indésirable futur beau-frère. Ensuite nous irons au restaurant *La Diligence* où j'ai retenu une table.

— Le programme me convient parfaitement, mon cher inspecteur, dit Floch en riant et en s'asseyant dans un fauteuil en face de son ami.

La table basse, placée entre eux deux, outre les amuse-gueule français sur fond de Chine, était chargée d'une rangée de bouteilles d'un choix très éclectique, un choix qui recevrait la plus totale désapprobation de la ligue anti-alcoolique.

— Je te fais aimablement remarquer, précisa Floch, que tu as dit “mon très indésirable futur beau-frère”. C'est une contradiction. S'il est indésirable, il ne peut devenir futur. Pour moi le "futur indésirable" n'existe pas. En tout cas, je fais tout mon possible pour l'éviter.

— Mais c'est avocat que tu aurais dû être, mon cher ! s'empressa de répliquer Kermeur. Tu possèdes les figures de rhétorique qui, en général, plaisent à l'assistance, à défaut de faire acquitter l'accusé, ce qui, somme toute, est secondaire.

Ils trinquèrent, l'un au whisky, l'autre à la Suze, prétendant que leurs foies respectifs n'avaient ni les mêmes exigences et goûts des choses, ni les même méthodes de distillation, et qu'il n'était pas convenable de les contrarier.

Kermeur, en consultant de temps à autre les notes prises ces jours derniers, fit, sans plus attendre, le récit complet de ce qu'il savait sur Viviant, et surtout de ce qu'il avait appris, la veille, de sa femme de ménage, Anne Guillo. Il termina en posant cette question à son ami :

— Auguste, qu'est-ce que tu en penses ? On en parle à la police ?

— Pas tout de suite, Hervé ! Pas de précipitation ! On risquerait de passer pour deux beaux nigauds, occupant leur retraite à jouer aux détectives. C'est la police qui rigolerait. Les deux vieux justiciers lisent trop de romans policiers. Tu vois ça d'ici ? De deux choses l'une. Ou bien Viviant se livre à des expériences ou des recherches condamnables par la loi. Ou bien il a une marotte de retraité tout à fait innocente et inoffensive, mais il ne veut pas que ça se sache. Pourquoi pas ? Ce qui est troublant, c'est qu'il se trouve remplir très exactement les conditions requises pour être un excellent fabricant de drogues : cocaïne, opium, morphine... Maison isolée, laboratoire clandestin, chimiste de profession, faisant diversion de temps en temps, en allant ostensiblement à la pêche, avec sa barque, à l'île aux Pies. Tout ceci afin de passer pour un père tranquille. Il n'y a qu'une chose qui cloche dans le scénario : son appétit pour les femmes. Sur ce point il attire l'attention... et même beaucoup trop. Ses femmes, remplacées à une cadence qui choque l'opinion publique, meurent avec une non moins choquante précipitation, et dans des conditions toujours brutales. Ca, c'est inquiétant !

« Un fabricant de drogues fait tout pour ne pas attirer l'attention. Or Viviant fait exactement le contraire. Il PROVOQUE. Il va même jusqu'à narguer la médecine. Ou il est fou, ou il est très fort ! Ou les deux à la fois. Il doit être terriblement orgueilleux.

« Kermeur, il faut essayer de connaître et de comprendre les raisons qui le poussent à agir ainsi. C'est surtout son besoin de femmes qui est surprenant. Il n'a quand même plus trente ans. Il a un sacré démon de midi qui le travaille. Avec le consentement d'Armelle, je vais essayer de lui tendre un piège. Il faut que j'y réfléchisse, Hervé. J'aurai sans doute besoin de toi. Je sais qu'Armelle t'aimait bien. Elle admirait le brillant avocat que tu étais. Elle doit toujours t'aimer, j'en suis sûr, trop seule dans sa trop grande maison. Il faut la sortir de là. À nous deux, on va bien y parvenir. Pour l'instant laisse-moi faire. Je vais tâter le terrain.

— Et si nous allions déjeuner ? dit

Kermeur en se levant. Ce n'est pas un creux, c'est un gouffre qui donne le vertige à mon estomac.

— C'est loin, ton restaurant, comment déjà ?

— *La Diligence...* Non, à cinq petits kilomètres.

— Alors on attelle les chevaux-vapeur. On sirote depuis une heure. J'espère qu'il n'y aura pas de vilains yeux de radar le long de la route.

— T'inquiète pas, Auguste ! Si le ballon éclate quand tu souffleras dedans, je sortirai la pochette de rustines de la boîte à gants.

Chapitre XVI

Armelle était dans son jardin. Il faisait beau. Elle admirait ses camélias qui entraient dans toute leur splendeur printanière. Mises en valeur par le feuillage vernissé, vert foncé, les fleurs blanches et roses gancées de rouge offraient à ses narines une fragrance exquise. Elle vit le facteur s'arrêter près du portail et glisser le courrier dans la boîte. Elle recevait peu de lettres. Armelle n'était pas de celles qui entretiennent des relations épistolaires. Le téléphone lui paraissait un moyen tellement plus commode. Elle disait volontiers que cela avait aussi l'avantage de lui éviter de faire des fautes d'orthographe.

Elle se dirigea vers la boîte, sans grande conviction, ni empressement. *Probablement une nouvelle avalanche de publicités tapageuses*, pensa-t-elle. C'est fou la chance qu'elle avait ces derniers temps ! Elle gagnait presque chaque semaine des sommes d'argent considérables, des voitures, des téléviseurs, des diamants, des louis d'or, des voyages... C'était vrai ! À chaque fois son nom était écrit en gros : ARMELLE VOUS AVEZ GAGNÉ !... Il vous suffit... Tout le sésame de la chance était là, dans ces trois mots magiques... IL VOUS SUFFIT.

Armelle, la gagneuse, avait vite compris qu'à chaque fois elle avait tout juste gagné la chance inouïe de participer à un tirage au sort, en même temps que plusieurs millions d'autres ânes bâtés qu'on faisait allégrement courir après la même carotte cuite. Un bon de commande était toujours joint, car si on savait le remplir convenablement, il améliorait de façon considérable la chance de gagner.

C'était l'évidence même.

Il y avait belle lurette qu'Armelle avait renoncé à tous ces somptueux cadeaux, si généreusement offerts à la tentation, et qu'elle mettait régulièrement à la corbeille-à-papier-fourre-tout-boîte-à-ordures-poubelle cette navrante littérature, dévoreuse de papier, et témoignage quotidien de l'exploitation de la crédulité humaine, piégée par l'incontournable société de consommation.

Allons voir ce qu'il y aura ce matin. Après tout, se dit Armelle, *mauvaise langue que je suis, Viviant m'envoie peut-être une petite lettre gentille.* La semaine dernière ne lui avait-il pas écrit un très joli quatrain ?... Recopié dans *Les Fleurs du mal*... et signé Baudelaire André ! Cela l'avait tout de même touchée.

Ce matin, mêlées au paquet publicitaire, somme toute d'importance pour une fois raisonnable, il y avait plusieurs lettres. Mais pour lire, il lui fallait revenir à la maison et prendre ses lunettes. Armelle n'avait pas très bonne vue. Bien sûr, il était déraisonnable de ne pas les porter continuellement. Mais la coquetterie l'en empêchait. « Ça me donne une tête de chouette », disait-elle.

Ah ! Ces lunettes, quel tracas ! Elles ont leurs humeurs – savez-vous –, un esprit volage et facétieux. Elles aiment les parties de cache-cache, les jeux de piste, les courses-poursuites. Elles se déplacent dans la maison avec une agilité et une facilité incomparables, une fantaisie d'une désinvolture extrême. On les met à un endroit. On les retrouve à un autre, sans bien comprendre pourquoi, ni comment, ni par quel tour de passe-passe. Il arrive même qu'après les avoir cherchées partout en vain, et avec désespérance, on s'aperçoit tout bêtement qu'on les avait chaussées sur le bout du nez, et qu'il suffisait de les rapprocher des yeux. C'est parfaitement odieux et déprimant. Seuls peuvent comprendre un tel tourment ceux qui portent binocles.

Mais Armelle, ce matin-là, chose rare, trouva « ses yeux » très exactement là où ils devaient être, c'est-à-dire sur son petit secrétaire. Une fois installés sur le nez, elle se mit en devoir de faire le tri de sa correspondance.

Intéressant ! On lui proposait une assurance auto à des prix tellement avantageux qu'ils défiaient toute concurrence. Elle faillit presque regretter de n'avoir ni permis de conduire, ni voiture. Quel dommage !

L'assurance auto alla rejoindre, dans la corbeille à papier, une promotion extraordinaire sur des boîtes de pâtés truffés et mijotés par une vieille comtesse du Périgord, reconvertie dans la noblesse cochonnaille.

Encore que, en jetant la publicité, Armelle avait légèrement cru sentir l'eau lui venir à la bouche... *Bah !* se dit-elle, *demain ce sera peut-être le tour d'une offre mirobolante de truffes en chocolat ? Qui sait ?* Auquel cas,elle risquerait de se laisser tenter, au point d'aller jusqu'à la confiserie-pâtisserie-salon de thé de Port-Navalo et commander une fricassée de sardines et de moules en chocolat. Chacun a bien droit à ses petits péchés gourmands.

Voyons voir côté lettres. Une facture d'électricité. Ça attendra le dernier jour. L'autre lettre. Non, ce n'était pas l'écriture fine d'André. Une écriture qui lui rappelait quelque chose, mais elle ne parvenait pas à y mettre un nom.

— Pas possible ! murmura-t-elle soudain. Cette écriture épaisse et large... Mais c'est celle d'Auguste...

Cela lui donna un coup au cœur. Une écriture qu'elle n'avait pas vue depuis une dizaine d'années, depuis sa dispute mémorable avec son frère. Elle vérifia le cachet de la poste. Vannes. C'était bien lui. Pas de doute.

Quelque chose de grave était-il arrivé ? Elle pensa tout de suite à la maladie. Elle l'aimait toujours, ce grand frère qui était beaucoup plus vieux qu'elle. C'est d'une main fébrile qu'Armelle, troublée, déchira l'enveloppe en toute hâte. Un picotement faisait battre ses cils. Elle eut du mal à lire les premières lignes. Les mots dansaient devant ses yeux.

Ma Chère Armelle,

Ça fait plus de dix ans que nous sommes fâchés l'un contre l'autre... Fâchés à mort, avons-nous même déclaré. Je suis beaucoup plus vieux que toi. C'est pourquoi je fais aujourd'hui le premier pas sur le chemin qui sera, je le souhaite, celui de notre réconciliation. J'aimerais tant qu'on fasse la paix, tous les deux, et qu'on revive ensemble les bons souvenirs d'autrefois.

Tu sais peut-être que j'ai conservé à Vannes et dans la région de nombreux amis, dont quelques-uns nous sont communs. Lors de notre différend, ceux-ci sont restés à l'écart, ne voulant pas prendre parti pour l'un ou pour l'autre, car ils avaient la même estime pour chacun de nous deux.

Par l'un d'eux, j'ai appris récemment que tu songeais à te remarier. À ce qu'il paraît, tu es toujours aussi pleine de vie et d'entrain. Alors cette décision, après tant d'années de veuvage, me semble tout à fait légitime et normale. Et je suis le premier à m'en réjouir, si elle peut t'apporter un nouveau bonheur. Il ne sert à rien de rester enlisé dans un passé douloureux.

Tu le sais, j'ai été juge d'instruction pendant de longues années. Tu m'as assez taquiné, à l'époque, sur mes suspects, qu'à t'entendre je voulais tous faire guillotiner. J'ai conservé quelques manies de cette profession assez particulière.

À celui que tu fréquentes dans un but, encore une fois, fort louable, peut-être n'as-tu pas dit que tu avais un frère. Je ne t'en fais pas reproche. Mais si tu n'y vois pas d'inconvénient, j'aimerais que tu le lui annonces, en le faisant sans y attacher vraiment d'importance. Dis-lui donc aussi que j'étais juge d'instruction à Vannes. Observe bien alors les réactions de ton ami, après cette double déclaration. Je souhaite qu'il n'y en ait aucune... Ou plutôt si, que ce soit pour lui une surprise agréable... Mais je ne suis pas sûr du tout qu'elle le soit.

Je ne peux pas t'en dire davantage aujourd'hui. Il y faudrait une lettre de dix pages. Si tu le juges utile, tiens-moi simplement au courant.

Et puis peut-être à bientôt, si tu veux bien faire un pas dans ma direction. Après tout, nous ne sommes pas si loin l'un de l'autre. Il n'y a que le Golfe à traverser.

Je t'embrasse.

Auguste Floch

Armelle avait lu la lettre, très vite, debout, appuyée à la table du salon. Elle avait parcouru les lignes plus qu'elle ne les avait réellement lues. Elle avait sauté des mots. Perplexe, abasourdie, elle s'assit sur la chaise à bascule, au pied de la vieille horloge. Le balancier mesurait le temps. Elle, Armelle, avait le sang qui lui battait les tempes. Elle recommença plus posément la lecture. Que voulait dire son frère dans la deuxième partie de la lettre ? « J'espère qu'il n'aura aucune réaction... Ou plutôt si, que ce sera celle d'une surprise agréable... »

Quoi, son frère Auguste connaissait Viviant ? Était-ce possible ?

« J'aimerais que tu le lui annonces, en le faisant sans y attacher vraiment d'importance. Observe bien alors les réactions de ton ami... » Armelle, redevenue très calme, lisait et relisait certains passages. Elle essayait d'interpréter, de deviner.

Auguste savait quelque chose... Mais quoi ? Elle interrogeait les mots et les phrases. Cette lettre était une sorte de message. Un avertissement. ATTENTION ! DANGER ! Armelle se dirigea vers le téléphone, pour appeler son frère.

Elle avait toujours conservé son numéro dans le répertoire. Puis elle se ravisa. Pas d'affolement. Du calme.

C'était à elle d'ouvrir les yeux, de découvrir si Viviant lui cachait quelque chose de grave. Et quoi ? Il venait demain pour passer une nouvelle fois le week-end avec elle.

Chaque semaine elle attendait ces retrouvailles avec toute l'impatience de la jeune fille qui attend son bien-aimé. Mais elle sentait confusément que quelque chose, quelque part, était en train de se briser. Demain elle ferait ce que lui demandait son frère.

Chapitre XVII

Après le choc de la lettre de son frère, Armelle éprouva le besoin de sortir. Prendre l'air du large. Marcher le long de la falaise. Entendre le cri des mouettes et des goélands. Regarder plonger les cormorans. Voir la mer, les bateaux, et les marins s'affairer dans le port de pêche. Un spectacle quotidien, toujours pareil, et dont pourtant Armelle ne se lassait jamais, parce qu'il y avait là quelque chose d'apaisant, de rassurant, d'éternellement vrai.

Mais la paix refusait d'entrer en elle.

« Observe bien sa réaction. » La phrase de son frère tournait et retournait dans sa tête. Marchant à grands pas sur le chemin des douaniers, le long de l'Océan, Armelle était tiraillée entre des sentiments très divers. D'un côté la tendresse qu'elle avait toujours portée à son frère, et qui demeurait intacte – elle s'en rendait compte mieux encore aujourd'hui – malgré leur brouille ancienne et stupide. D'un autre côté, son amour grandissant pour André Viviant. Celui-ci pouvait-il vraiment lui vouloir du mal ? Et lequel, mon Dieu ? Il était si gentil avec elle, si prévenant. Avait-il donc un autre visage ? Un visage caché, inquiétant et que son frère, lui, connaissait ? Elle s'en voulait de s'être donnée à Viviant si vite, si follement, d'être devenue sa maîtresse aussi facilement. mais elle se sentait si bien dans ses bras, si heureuse. Qui pouvait lui reprocher d'avoir désiré vivre un nouveau bonheur ? Peut-être avait-elle été imprudente ? Au fond, que savait-elle de Viviant ? Presque rien. Seulement ce qu'il avait bien voulu lui dire. Elle, si curieuse d'ordinaire, n'avait pas posé beaucoup de questions, ne lui avait, pour ainsi dire, jamais rien demandé de son passé. Il ne l'avait même pas emmenée à sa maison de Galixt-sur-Aff. Pour ne pas faire jaser, avait-il dit.

Était-ce la seule raison ? Avait-elle peur, elle, des commérages que pouvait déclencher dans Port-Navalo la présence d'un homme chez elle, plusieurs jours, plusieurs nuits par semaine ?

« La veuve est devenue joyeuse. Elle se paie du bon temps. » Voilà ce que devaient jacasser les commères.

Armelle les voyait, ces vieilles, toutes de noir vêtues, les cheveux lisses tirés en arrière et noués dans un chignon haut perché et d'un autre âge. Elle les voyait assises là-bas sur les bancs, le long de la grève, à l'abri du vent, les mains jouant au crochet dans de jolis napperons de dentelle, les langues déliées tricotant de vilaines calomnies. Elle les entendait, comme si elle était tout près d'elles.

« C'est-y pas péché de voir l'Armelle, à son âge, se livrer pareillement à la débauche. Qui aurait pu croire ça ? Avec un homme dont on sait même pas d'où y sort, ni d'où y vient. Sûr qu'il n'est pas de par chez nous... »

La vieille, là-bas, celle qui dodelinait de la tête, et qui était une fesse assise sur le petit bout du bout du banc, et l'autre fesse assise en l'air, prête à tomber le cul par terre, Armelle semblait l'entendre chevroter :

« L'Armelle, je vous parie qu'elle a dû se faire embobiner et mettre le grappin par un de ces Parisiens à la langue bien pendue, qui flaire, comme pas deux, là où il y a une bonne affaire... C'est que l'Armelle a une bien jolie dot à manger... Et puis, pas vrai, faut dire aussi qu'elle est encore en âge de se faire... » La phrase resterait en suspens... La vieille n'oserait quand même pas continuer... Il y a des choses qui se pensent très fort, et qui ne se disent pas, même tout bas... mais tout le monde comprend.

Armelle haussa les épaules et tourna le dos aux cancanières. Elles lui rappelaient trop les lavandières, dans sa jeunesse, agenouillées en rang serré autour des lavoirs, le battoir toujours levé pour taper des méchancetés. Il est vrai que les lendemains de lessive, elles allaient, toujours en rang, la coiffe sur la tête, se confesser à M. le recteur. Trois Pater et trois Ave, et elles étaient prêtes à recommencer.

Armelle reprit le chemin de la maison. Oh ! Qu'elle aurait aimé pouvoir ne plus penser à rien. À rien. Elle essayait. Mais au bout de trois pas, une question lui revenait... Toujours la même. Que savait donc son frère Auguste ? La question, lancinante, la tenaillait, ne lui laissait aucun répit.

La tentation était forte d'appeler Auguste. Pour savoir. Non. Elle ne le ferait pas. Elle ne céderait pas. Elle attendrait demain. Elle était une Floch, d'une race solide comme menhirs et dolmens, et qui sait faire face et se battre quand il le faut. Cette pensée l'apaisa. Une ferme détermination commençait à s'ancrer en elle.

La marée était haute. Les bateaux de pêche revenaient du large, les uns derrière les autres.

— Rentrons au port, dit-elle.

Malgré ses craintes, l'après-midi passa assez vite. Elle s'était brusquement trouvé un tas de travaux urgents à faire par toute la maison. Une activité débordante, une dépense d'énergie physique inhabituelle réussirent, tant bien que mal, à engourdir son esprit.

Le soir, épuisée, après avoir dîné d'une soupe et d'un morceau de fromage, elle se fit un grand bol de tisane, tilleul et verveine.

Cela lui fut salutaire, car, sitôt couchée, elle s'endormit d'un coup, délivrée de ses angoisses et de ses interrogations.

*
* *

Quand elle se réveilla, le lendemain matin, le jour filtrait entre les lames des volets de sa chambre. Elle avait l'habitude de se lever aussitôt pour aller à la fenêtre voir quelle était l'humeur de l'Océan et du ciel. Alors c'était selon, mer calme ou agitée, ciel bas breton, ou grand ciel bleu, ou jolis nuages blancs, qu'elle se levait pour de bon, ou qu'elle retournait vite se cacher sous la couette, paresseuse, s'étirant, bâillant, rêvant, et parfois se rendormant jusqu'à des heures honteuses...

Ce matin il ne faisait ni beau, ni mauvais. Un temps indécis qui offre un répit. Elle pouvait rester encore un moment au lit. En général, Viviant n'arrivait pas avant onze heures. Comme d'habitude ils bavarderaient ensemble en prenant l'apéritif. Ah ! Il fallait qu'elle regarde s'il restait assez de *Johnny Walker*. C'était la marque préférée de son amant. « On devient prisonnier et esclave de ses drogues », avait-il coutume de dire.

Ensuite ils iraient au restaurant. Un nouveau à chaque fois. « Il faut chasser les bonnes habitudes, si on veut en trouver de meilleures », affirmait Viviant. Il est vrai qu'autour du Golfe il n'y a que l'embarras du choix. Les tables y sont nombreuses. La cuisine y est bonne. Jamais ils n'avaient été déçus. Viviant s'étonnait toujours devant les additions. « À Paris, un déjeuner pareil, c'est le double », disait-il.

— Et il y a encore des gens qui ne connaissent pas la Bretagne, ou qui ne l'aiment pas, répondrait Armelle. Plus scandaleux encore, il y en a qui osent en dire du mal !

Armelle pensa alors à son frère... À la phrase qu'elle avait cent fois ressassée toute la journée d'hier, et qui refaisait surface...

« Observe bien sa réaction... je souhaite que la surprise lui soit agréable... » Elle voulait encore se raccrocher à cet espoir. La bouée au milieu des vagues. L'agitation intérieure de la veille l'avait quittée. Elle restait calme.

Lui dirait-elle avant ou pendant le déjeuner ? Avant, car elle ne pourrait attendre longtemps. Elle voulait en avoir le cœur net.

Se libérer, le plus vite possible, de ce poids insupportable.

C'est sur cette décision qu'elle se leva, déjeuna, et fit son tour habituel du jardin. Les jonquilles, les narcisses et les premières tulipes commençaient à mélanger leur floraison au milieu des parterres. Un peu d'engrais leur ferait du bien, pour des fleurs plus grosses, plus belles.

*
* *

Il était dix heures. Elle était encore en robe de chambre, quand elle vit, non sans surprise, la voiture de Viviant s'arrêter devant le portail. Elle rentra vite à la maison.

— Ma parole ! Mais il est tombé du lit... Oh ! Le grand fou, dit-elle, quand, sortant de sa 205, son amant exhiba une magnifique gerbe de roses rouges.

Mon frère a des craintes idiotes, pensa-t-elle.

Armelle attendait, le cœur battant, derrière la porte. Ils s'embrassèrent comme des amoureux qui ont vingt ans. C'est-à-dire follement. Un bouche à bouche qui fait couler dans les veines un flot de désirs irrésistibles, impossibles à refouler. Et cela finit tout naturellement sur le lit, dans le plus beau désordre vestimentaire qu'il soit possible d'imaginer.

Après les ébats d'un fougueux corps à corps, après une folie intime, ils restèrent un long moment allongés l'un contre l'autre. Seuls les baisers leur tenaient lieu de conversation.

C'est alors qu'Armelle, apaisée, sûre d'elle-même, le visage contre le visage de son amant, sentit que le moment décisif était venu. Et c'est tout à fait innocemment qu'elle dit :

— André ! Tu ne devineras jamais ce qui m'arrive. Figure-toi qu'hier j'ai reçu une lettre... Une lettre que j'espérais, que j'attendais depuis plus de dix ans...

Et là, elle plongea ses yeux dans les yeux de l'homme qui la serrait contre lui...

— Hier, reprit-elle, mon frère m'a enfin donné signe de vie...

— Ton frère ? Ton frère ? bredouilla Viviant. (Il s'était redressé sur un coude. Son étreinte s'était relâchée.) Tu as un frère ? Mais tu ne m'en as jamais parlé... Je te croyais sans famille...

Dans ses yeux il y avait de l'incrédulité.

— Oui, reprit Armelle, sans quitter un seul instant de son regard celui de Viviant. C'est vrai, je ne t'en ai jamais parlé, car mon frère et moi étions fâchés depuis de nombreuses années... Une question d'héritage... Et puis, pour nous deux, ça n'avait pas d'importance, n'est-ce pas mon chéri ?

Son amant s'était détaché d'elle. Il restait silencieux. Armelle avait senti qu'un déclic s'était produit quelque part en lui. Alors, faisant son regard encore plus insistant, plus perçant, elle ajouta :

— Je ne t'en ai pas parlé, parce que je n'aimais pas tellement sa profession. Il était juge d'instruction à Vannes.

Armelle dira plus tard à son frère qu'à ce moment-là, à l'incrédulité du début, elle avait vu succéder la peur dans les yeux de Viviant. Sans un mot, quittant le lit, chacun avait alors remis de l'ordre dans ses vêtements. Armelle avec honte, sinon dégoût. Le grand élan d'amour s'était arrêté, brisé net. Que savait donc son frère ?

Viviant s'essaya à plaisanter sur les roses rouges qui réclamaient d'urgence le grand vase de cristal, depuis une bonne demi-heure, mais ses paroles, qui se voulaient enjouées, sonnaient affreusement faux. Armelle n'était pas dupe. Viviant était en train de réfléchir, de chercher une porte de sortie. Il se trouvait soudain confronté à une situation inattendue, totalement imprévue.

Debout devant la fenêtre, tournant le dos à Armelle qui disposait les roses dans un vase sur la table basse, il finit par dire :

— Tu sais, si je t'ai apporté cette gerbe de roses, c'est un peu pour me faire pardonner. Je vais être obligé de m'absenter quelque temps. J'ai un vieil ami qui a besoin de moi à Paris.

Menteur ! pensa Armelle. *Menteur ! La vérité c'est que tu as PEUR... Peur de quoi ?*

— Et quand penses-tu partir ? demanda-t-elle.

— Je m'excuse, Armelle, mais il vaudrait mieux que je parte dès maintenant si je veux être à Paris ce soir.

Armelle se raidit, serra les mâchoires pour ne pas hurler... Quelle dérision ! Quelle trahison ! Mais à quoi servirait-il de vouloir le retenir ? Il avait envie de fuir. Au contraire, maintenant, elle n'avait qu'une hâte, le voir partir le plus vite possible.

Les adieux furent brefs, sans chaleur, sans effusion, d'une banalité ridicule.

C'est donc comme cela, une rupture ? pensa Armelle.

Viviant parti, Armelle resta un long moment, debout, à regarder l'Océan. Il était d'un vert émeraude. La couleur qu'elle aimait lui voir porter. Triste ? Déçue ? Oui, sans aucun doute. Trompée surtout.

Aucune larme ne venait mouiller ses yeux. Son cœur était sec, rageur. Elle aurait aimé voir à cet instant l'Océan se déchaîner dans une folle tempête. Mais la mer restait calme, les yeux verts. Il lui restait au moins ça, l'Océan... Cet Océan breton, tantôt charmeur, tantôt violent. Depuis sa plus tendre enfance n'était-ce pas lui finalement son plus cher compagnon, le meilleur, toujours fidèle, et le plus aimé jusque dans ses plus impétueuses et ses pires colères ?

— Quelle sotte, j'ai été ! dit-elle en secouant les épaules. À mon âge, croire encore en un amour pur et désintéressé...

Elle pensa téléphoner à son frère pour lui annoncer la nouvelle et connaître la vérité sur Viviant, le fuyard. Mais elle se retint.

Auguste serait accouru tout de suite auprès d'elle, à Port-Navalo. Elle voulait rester seule aujourd'hui. Elle en avait besoin. D'abord faire le point.

Elle se dirigea vers son secrétaire, près de la bibliothèque, prit son papier à lettre, son stylo et écrivit :

Mon cher Auguste,

Ta lettre reçue hier a été pour moi une vraie surprise, une immense joie aussi. Oui, je suis prête à faire vers toi de grands pas sur le chemin de la réconciliation.

Mais que veut dire ta lettre ? Quel danger me menace ? Que sais-tu donc de Viviant ?

Je l'ai vu ce matin. J'ai fait ce que tu m'as dit. Et j'ai lu la PEUR dans ses yeux. Il devait rester avec moi plusieurs jours, mais il a trouvé un prétexte pour s'en aller presque sitôt arrivé.

Ce n'était pas un départ. Cela avait tout l'air d'une fuite. Je pense qu'il ne reviendra jamais. Je ne crains donc plus rien de lui. Encore une fois que sais-tu à son sujet ? Je suis impatiente de le savoir.

À bientôt ! Quand tu voudras. Préviens-moi de ton arrivée. Je t'embrasse de tout cœur.

Armelle.

La dernière levée du courrier avait lieu à dix-sept heures. Elle irait à la poste dans l'après-midi. Auguste aurait la lettre le lendemain matin.

Chapitre XVIII

— Je l'ai échappé belle ! dit Viviant, au volant de sa voiture, les dernières maisons blanches de Port-Navalo s'éloignant à toute vitesse dans le rétroviseur. Est-ce que je vieillis à ce point pour devenir aussi stupide ? Ça devient inquiétant, cette répétition de bévues ! Voilà, mon pauvre vieux, que les femmes commencent à se liguer contre toi. Elles te tendent de vilains pièges. Et tu tombes les deux pieds dedans. Le bouquet !

Viviant parlait tout seul, à haute voix. L'annonce d'Armelle, parue dans *Le Chasseur français*, disait « sans charge ».

— Imbécile que je suis ! Cela ne signifiait pas « sans famille ». Et dire que je ne lui ai jamais posé la question. Décidément, je deviens d'une crédulité sans limite, si je commence à faire confiance à tout le monde. Et quelle famille ! Un frère, ancien juge d'instruction, un fouineur de merde, un pointilleux à cheval sur les principes, un intarissable poseur de questions... Bravo ! Manquerait plus que ça ! Après l'épisode de Linda, la pute, le moment est mal choisi pour se mettre les flics aux fesses. Ton cerveau se ramollit, vieux ! Linda hier, Armelle aujourd'hui, tu tombes de Charybde en Scylla... Il va falloir que tu surveilles tes fréquentations, que tu te reprennes en main. Ce n'est plus digne de toi. À ton âge, commettre pareils enfantillages !

« Cette Armelle, quelle perte de temps ! Certes, elle faisait bien l'amour, la madone. J'ai passé de bons moments dans son lit. Ce n'est pas une consolation. Par contre j'aurai beaucoup de mal à me consoler de la villa. Sans cet imbécile de frère, la maison était à moi, dans une petite année tout au plus, le temps d'envoyer Armelle très proprement au cimetière. Cette vue superbe sur l'Océan, sur le Golfe... il sera difficile de trouver une affaire aussi belle !

Sur le chemin du retour, vers Galixt-sur-Aff, Viviant s'arrêta à Rochefort-en-Terre pour déjeuner. Dans un de ces restaurants, comme seuls il en existe en Bretagne, nichés dans ces vieilles demeures de granit, solides comme des forteresses, chaque poutre au plafond est, à elle seule, le tronc entier d'un chêne, grossièrement équarri à la hache par le bûcheron. Des cheminées à faire rôtir des quartiers de bœuf, des sangliers de la barbe au cul. Du vrai. De l'authentique. Éternel. Breton.

Seul, installé à une table au fond de la grande salle, tout en déjeunant, Viviant réfléchissait, faisait le point. Pas brillant.

C'était surtout l'échec avec Linda qui le mettait dans une folle colère intérieure. Armelle n'était qu'un épisode malheureux, guère plus.

S'il n'espérait pas trop retrouver une aussi belle villa, il retrouverait sans grande difficulté une autre femme. La confrérie des veuves offre une source inépuisable, un choix considérable d'âmes encore demeurées candides. Il y a seulement des questions qu'il ne faut pas oublier de leur poser avant de leur soulever les jupons. Il n'avait pas su bien confesser Armelle. C'était presque un péché.

Ce qui l'ennuyait le plus dans ses récentes mésaventures, c'était qu'avec Linda, la ressuscitée, il avait épuisé presque complètement les dernières gouttes du « produit » qu'il avait mis au point. Inconsciemment cette perspective de manque lui avait fait réduire la dose.

Quelle erreur ! Les quatre cactées « mangeuses de sang » rapportées du désert africain étaient épuisées, exsangues, taries. Il n'arrivait plus à recueillir suffisamment de substance pour tenter une nouvelle expérience. La priorité de toutes les priorités était donc de retourner aux sources, chez les Touaregs de Tinfou. Après tout, un voyage lui serait salutaire, lui ferait le plus grand bien, tant au corps qu'à l'esprit. Changer d'horizon, chasser la déprime qu'il sentait venir.

Une méharée d'une ou deux semaines avec ses amis touaregs... Retrouver les pistes... L'immensité et le silence du désert... Et sur le dos des chameaux, le lent balancement qui donne le mal de mer... Le soir, les fesses meurtries... Faire face aux méchants vents de sable, la tête enturbannée du chèche, ne laissant qu'une fente pour les yeux, telle une moukère... Soleil de plomb le jour... Froid glacial la nuit... Des repas de figues et de dattes avec l'eau de la précieuse guerba... Coucher enveloppé dans le burnous, sous un marabout de peaux de moutons dressé à l'abri d'une barkane... ne pas se laver, ni se raser pendant une dizaine de jours... et enfin revenir avec une barbe de bouc et sentir le chameau...

Viviant quitta Rochefort-en-Terre, cœur de la Bretagne, avec des pensées sahariennes. *Mais cette fois-ci*, se dit-il, *je vais m'y prendre d'une façon différente. Une voiture ordinaire n'est pas adaptée à ce genre d'expédition. D'autre part, dans le Sud, à l'approche du Sahara, les hôtels deviennent peu nombreux et laissent parfois beaucoup à désirer, malgré leur volonté de bien accueillir.*

À son dernier voyage il avait fait la connaissance, dans l'Anti-Atlas, très exactement à Tazenakht, réputé pour ses tapis berbères, d'un couple de retraités allant très allégrement sur les 75 ans, et qui voyageaient à bord d'un camping-car. « Nous sommes indépendants, libres », lui avaient-ils expliqué, en faisant visiter l'intérieur de leur maison sur quatre roues, dont ils étaient très fiers. Viviant, à l'époque, avait été favorablement impressionné par ce nouveau mode de tourisme itinérant.

Il décida que cette fois-ci il voyagerait de cette façon originale. Indépendant. Libre. Son rêve. Les camping-cars peuvent être loués à la semaine, au mois. Demain, samedi, il irait se renseigner à Rennes. Pour lui tout seul, un petit, bien aménagé, lui conviendrait parfaitement.

En rentrant chez lui, la décision était prise. Rien d'important ne le retenait à Galixt-sur-Aff. Il partirait dès les premiers jours de la semaine prochaine.

Et l'après-midi il commença, sans plus attendre, à préparer le voyage, à décider et à mettre de côté ce qu'il emporterait, à ranger son laboratoire, à le mettre en sommeil pour un certain temps.

*
* *

Le lendemain matin, il continua ses préparatifs, après avoir téléphoné à plusieurs concessionnaires de camping-cars. Il n'avait vraiment que l'embarras du choix. Du plus simple au plus confortable, luxueux et sophistiqué. Donc, pas de problème de ce côté-là. La matinée s'avançait vite quand il entendit sonner à la porte. C'était le facteur.

— M. Viviant ! une lettre recommandée.

Viviant signa machinalement dans la case que lui indiquait le préposé au courrier. Qui pouvait bien lui envoyer une lettre recommandée ? Lorsque le facteur lui remit le pli, et qu'il reconnut l'en-tête des laboratoires Médipha, il fit une grimace, mi-surprise, mi-inquiétude. Qu'est-ce que ça voulait dire ? En recommandé ! C'était bien la première fois. Il déchira l'enveloppe nerveusement, sans aucun ménagement, et lut d'un trait la lettre signée Katia Volkof. Le texte était volontairement impersonnel, officiel. C'était clair. Katia, son ancienne maîtresse, nouvelle directrice des recherches, avait appris quelque chose, et voulait prendre ses précautions. Finie la collaboration tacite. Au nom des laboratoires Médipha, elle prenait ses distances. Pas question de le cautionner plus longtemps. Les Laboratoires voulaient récupérer tout leur matériel. Linda avait dû parler, avait dû faire intervenir ses relations d'alcôve. La garce !

— Attention Viviant ! murmura-t-il. Tu as commis une erreur stupide et grave. Il va falloir la payer.

Il devenait urgent de trouver une parade. Le départ pour le Sahara représentait une bonne solution, presque une nécessité. Obtenir auparavant un compromis avec Katia ne lui semblait pas impossible.

Il avait dit à Armelle, pour fuir les griffes de son frère, ancien juge d'instruction (l'horreur !) qu'un ami l'appelait d'urgence à Paris. Au fond, il avait à peine menti. Il s'était simplement trompé de sexe. C'était d'une ancienne amie parisienne qu'il devenait urgent de s'occuper. Quelques mois lui étaient encore nécessaires pour parachever sa dernière œuvre. Ce serait la plus belle de toutes. Il fallait gagner un peu de temps. Katia ne pouvait lui refuser un sursis.

Après tout, cet imprévu ne l'obligeait qu'à modifier son itinéraire. Au lieu de traverser le centre de la France pour rallier directement Sète, où il devait embarquer pour Tanger, il ferait un crochet par Paris. Le trajet serait plus long et moins touristique, mais bénéficiant de la rapidité des autoroutes, en fait, il ne perdrait pas de temps.

Ainsi donc en fut-il décidé. Toutefois, il lui semblait préférable de ne pas prévenir Katia Volkof de son arrivée. La surprise, en la déroutant, l'avantagerait, lui.

Il partit pour Rennes, où, comme d'habitude, il déjeunerait au *Grandgousier* près de la place Sainte-Anne. Un petit restaurant, sans aucune prétention, mais où le patron, par ailleurs sympathique, sait encore préparer des plats à l'ancienne, simples et copieux, en bon disciple de Rabelais. Il est de ceux qui se font un honneur de ne pas laisser un client sortir de table avec la faim au ventre. Donc après avoir choisi lui-même les hors-d'œuvre sur un chariot bien pourvu et laissé à son entière disposition, il commanderait la potée « Pantagruel ».

Si nos ancêtres moyenâgeux étaient si joyeux, c'est tout simplement parce qu'ils savaient se restaurer convenablement. Comment voulez-vous qu'un fils de Gaulois soit gai après avoir ingurgité un sandwich ou un fast-food ? Ces deux noms barbares disent assez qu'il s'agit d'ingrédients bâtards qui ne peuvent convenir qu'à des estomacs incultes, anglais ou américains. Ainsi pensait Viviant en se dirigeant sur Rennes.

Restauré, réconforté, il fit, l'après-midi, le tour des concessionnaires de camping-cars. À cinq heures du soir son choix était fait. Sans appel. Dommage pour l'industrie française, mais l'Eriba allemand offrait, tout au moins pour lui, plus d'avantages. Surbaissé, moins de résistance au vent, d'où vitesse plus grande. Et puis cet intérieur style bateau de plaisance lui plaisait souverainement. *Il est plus cher que beaucoup d'autres, mais tant pis,* s'était dit Viviant, *mes deux dernières femmes m'ont laissé, à leur trépas, un assez joli magot. Si je ne m'emploie pas à le croquer, qui s'en chargera à ma place ? Ne laissons pas les autres s'ap-*

proprier les plaisirs qui vous reviennent de droit.

Il était venu pour louer un camping-car. Coup de baguette magique d'un vendeur surdoué, il s'était laissé convaincre que son intérêt, de toute évidence, était d'acheter. C'était chose faite. On ferait même l'effort de le lui livrer lundi matin, sans supplément de prix.

Viviant, heureux et satisfait, revint à Galixt-sur-Aff où il devenait urgent d'achever les préparatifs du voyage.

Chapitre XIX

Linda avait réussi à s'échapper de la maison sans faire le moindre bruit. En passant devant la boîte aux lettres fixée sur un pilier du portail, elle avait pris soin de relever la véritable identité de « Julien ».

C'est presque en courant qu'elle avait traversé le pont de l'Aff et était montée jusqu'au centre du bourg. Tout en haut de la rue des artisans, elle était entrée dans le premier café ouvert, déjà très animé malgré l'heure matinale. Elle reprit sa respiration, poussa un soupir de soulagement. Il y avait du monde autour d'elle.

Elle était sauvée. Elle ne craignait plus rien désormais. Elle se dirigea vers le comptoir et commanda un café. Dès qu'il fut servi, elle le but d'un trait, sans sucre.

— Connaissez-vous quelqu'un qui fasse taxi ? demanda-t-elle à la serveuse.

— Mais mon mari, madame, répondit celle-ci. Où voulez-vous aller ?

— À Rennes.

— Tout de suite ?

— Oui, si possible. Je suis assez pressée.

— Je vais appeler mon mari. Il va vous y conduire.

— Merci ! dit Linda. En attendant donnez-moi un autre café, s'il vous plaît.

Quelques minutes plus tard, bien calée au fond du taxi, elle se sentit enfin complètement rassurée. Elle était hors d'atteinte de Julien, de Viviant plutôt. Elle pensa à la tête que celui-ci allait faire en ne la retrouvant pas dans la maison, et surtout en lisant la lettre qu'elle avait laissée sur le lit. C'est alors qu'elle sentit ses bras commencer à lui faire mal... les piqûres. Qu'est-ce que cela voulait dire ?

Heureusement, pensa-t-elle, *qu'il ne connaît pas mon adresse.* Son numéro de téléphone était sur la liste rouge. Par lui, il ne pourrait pas remonter jusqu'à elle. Mais il faudrait le changer par prudence. Elle avait déjà dû le faire à plusieurs reprises pour échapper à des clients plus ou moins obsédés ou détraqués sexuels. Le risque du métier. À Rennes, elle irait directement au cabinet du docteur Giquel.

Elle avait toute confiance en Xavier. Il était à la fois son médecin et... son client. Elle allait à son cabinet en cas de maladie. Lui venait chez elle pour des consultations d'un autre type. Elle se sentait bien avec lui. Il y avait entre eux autre chose que l'amour physique, qu'un défoulement passager des sens. Xavier était divorcé et désirait la voir cesser le métier qu'elle exerçait. Il lui avait proposé plusieurs fois le mariage. Il était peut-être temps de réfléchir sérieusement à la question.

D'entrée, Linda avait déclaré au chauffeur qu'elle était fatiguée, et qu'elle allait essayer de dormir un peu. C'était surtout pour éviter les parlottes inutiles. Aux chauffeurs de taxis, elle demandait de bien conduire, pas d'être bavards.

Une heure plus tard, elle se faisait arrêter devant le cabinet de Xavier. Il était dix heures. Elle arrivait à la fin des consultations du matin. *Espérons*, pensa-t-elle, *qu'il ne soit pas déjà parti faire ses premières visites.*

— Je n'arrive pas trop tard ? demanda-t-elle à la secrétaire médicale, à l'entrée.

— Non, mais il est temps. Le docteur reçoit sa dernière cliente. Attendez dans la salle d'attente. Je vais le prévenir.

Très surpris de la voir, Xavier la recevait peu de temps après. Habituellement, elle lui téléphonait pour des rendez-vous en dehors des consultations.

— Qu'est-ce qu'il t'arrive de si urgent, Linda ?

— As-tu un peu de temps libre ? demanda celle-ci avant de répondre à la question du médecin.

— Mais voyons, Linda, pour toi toujours, tu le sais bien, répondit Xavier.

Ils étaient amants tous les deux depuis plus d'un an. Mais dans le cabinet du docteur, il n'y avait jamais eu entre eux que des rapports médecin-malade. Ce n'était pas une règle qu'ils s'étaient fixée d'un commun accord. Non, c'était comme cela, naturellement. Cette attitude de réserve réciproque leur paraissait alors normale à l'un comme à l'autre, en dehors de leurs rendez-vous d'intimité.

Linda sortit de son sac les deux tubes de sang, la fiche remplie par Julien, ainsi que les feuilles arrachées au grand livre intitulé « Recherches », et elle se mit à raconter sa soirée, sa nuit, et sa fuite.

Le médecin assis sur un angle de son bureau était sidéré par le récit rocambolesque de son amie. Il tenait la fiche accusatrice entre les mains, la parcourait, incrédule.

— Des piqûres ? Des prises de sang ? Mais on est en plein délire, en pleine démence... C'est un fou ! Linda, il faut que je t'examine tout de suite et sérieusement. Allez ! Déshabille-toi.

Xavier commença par examiner les bras. Il était incontestable qu'il y avait bien eu des piqûres. Il compta cinq points d'impact très nets et significatifs. Et celui qui avait fait les piqûres ne semblait nullement s'être soucié de savoir s'il faisait mal ou non.

C'était donc que très vraisemblablement l'une d'elles, la première, était une piqûre anesthésiante, avec effet local ou général. Quelqu'un de simplement endormi, même profondément, se réveillerait à une intraveineuse et à une prise de sang. Alors à cinq ?

Selon les indications portées sur la fiche, il y avait eu trois prises de sang faites à des intervalles précis.

Que voulait dire la cinquième ?

Est-ce qu'elle ne devait pas être mortelle ?

À en croire les deux feuilles du livre « Recherches », une autopsie était prévue pour le lendemain. Donc ce matin, aujourd'hui même. Celle de Linda ?

— Linda, cette nuit tu devais mourir, dit Xavier, très pâle. Quelque chose n'a pas dû marcher dans le déroulement du programme. Quoi ? C'est effrayant !

Xavier continua à examiner et à ausculter sa patiente, méticuleusement, des pieds à la tête.

— Est-ce vrai qu'à l'armée on appelle ça une revue de détail ? plaisanta Linda.

— Je crois, ma petite, que tu viens, par miracle, d'échapper aux griffes d'un individu fou et dangereux... vraiment fou... vraiment dangereux... Je vais établir un certificat pour confirmer les traces des piqûres, au cas où il y aurait des suites. On ne sait jamais. Il faut être très prudent. Veux-tu porter plainte ?

— Non, dit Linda. Et quelles preuves pourrais-je donner ? Comment expliquer ma présence chez Viviant ? Il n'y a pas eu de témoin... Et puis, étant donné ma... profession, ma déposition ne pèserait probablement pas lourd. Il est presque certain, par contre, que ce Viviant est catalogué comme étant un homme parfaitement honorable dans la société. Et c'est l'impression qu'il m'a donnée, sans cela, tu penses bien que je ne serais pas tombée dans le piège. Faire l'amour d'accord, mais pas avec n'importe qui.

— Bon ! Très bien, Linda comme tu voudras. Dis-moi franchement, comment te sens-tu ?

— Mais pas mal... Enfin, comme quelqu'un qui a fait la fête toute une soirée et n'a peut-être pas assez dormi... Mais ça va... Je t'assure... Je n'ai mal nulle part... À part aux bras... Ces fichues piqûres, je suppose.

— Je m'excuse Linda, mais je vais te faire une prise de sang.

— Quoi ? Encore une ? Mais pourquoi ? Tu ne vas pas t'y mettre, toi aussi ?

— C'est tout simplement afin de pouvoir comparer avec les deux doses que tu m'as apportées.

— Oui d'accord ! Je comprends. Je plaisantais. Tu vas les faire analyser ?

— Et comment ! Je vais les porter moi-même à un copain qui travaille au labo de l'hôpital. Priorité absolue. Tentative d'assassinat sur une personne qui m'est très chère.

— Xavier, comment écris-tu cher ? c-h-è-r-e ou bien c-h-a-i-r ?

— Vilaine ! Rhabille-toi, sinon je vais te donner la fessée.

— Ça m'est égal ! Tu sais bien que j'aime ça...

— Linda !

— C'est défendu ?

— Écoute, gamine, tu vas me faire le plaisir de rester bien tranquille aujourd'hui. Inutile de te dire que ton « Julien » va tout faire pour essayer de retrouver ta trace. Tu lui as échappé. Tu as vu son laboratoire. Il te juge très dangereuse pour lui. Tu as une fiche et des pages d'un livre de recherches qui sont très... très compromettantes. N'oublie pas qu'il a ton numéro de téléphone. Encore une chance qu'il ne connaisse pas ton adresse. Alors prudence ! Prudence ! Je t'en supplie. Écoute-moi bien, Linda ! Je ne plaisante pas. Commence par mettre ton numéro de téléphone aux abonnés absents, et viens habiter chez moi pendant quelques jours. Linda, tu sais ce que je t'ai demandé à plusieurs reprises. Aujourd'hui, je n'ai pas envie de te perdre. Tu as reçu un sérieux avertissement. C'est le moment de réfléchir et de penser à une vie un peu plus rangée. Tu ne crois pas ? C'est toi qui décides, tu sais bien que je ne veux rien t'imposer.

— Tu as sans doute raison, Xavier, dit Linda en finissant de se rhabiller. Cette fois, j'ai vraiment eu peur... très peur.

— Bien ! Alors voici ce que nous allons faire. Mes consultations sont terminées pour ce matin. J'ai plusieurs visites, mais rien de grave, donc d'urgent. Je te conduis chez toi. Tu fais le nécessaire pour le téléphone. Tu prends une valise, tu y mets ce qu'il te faut pour quelques jours et je te conduis à mon appartement. D'accord ?

— D'accord, Xavier ! Merci !

— Ensuite, moi je file à l'hôpital pour les analyses. Je fais mes visites. Ce midi nous irons déjeuner ensemble dans un petit restaurant que je connais bien. Cet après-midi tu te reposes. Moi je me renseigne sur ce Viviant.

— Comment vas-tu t'y prendre ?

— Sur la première feuille que tu as arrachée à son registre, il y a l'adresse d'un laboratoire pharmaceutique de la région parisienne Un laboratoire très connu. J'en utilise d'ailleurs certains médicaments. S'il a cette adresse, c'est probablement que, d'une façon ou d'une autre, il est en relation avec ce labo. Et si Viviant travaillait pour eux... indirectement ? Allez on file ! Chaque chose en son temps. D'abord te mettre en sécurité. C'est une priorité.

— Il y en a peut-être une autre plus importante, dit Linda.

— Laquelle ?

— Me faire un petit bisou !

— Je veux bien, dit Xavier, en attirant Linda à lui, mais tu ne le mérites vraiment pas. Pas du tout.

Chapitre XX

Après le déjeuner, Xavier reconduisit Linda à l'appartement. Celle-ci promit, jura, de ne faire aucune imprudence, et de ne pas sortir en ville. Elle allait faire une bonne sieste. Ensuite elle lirait ou regarderait la télévision, s'il y avait un film intéressant.

— Je serai sage, dit-elle, en embrassant Xavier.

Le médecin, revenu à son cabinet, commença aussitôt ses consultations de l'après-midi. Pour une fois, il se réjouit. Il n'y avait pas foule.

Quand il eut terminé, vers quatre heures, il prit l'une des feuilles du registre « Recherches » rapportées par Linda. Celle où il y avait l'adresse et le numéro de téléphone des laboratoires Médipha. Juste au-dessous figurait un nom, Katia Volkof. *Sans doute*, pensa Xavier, *une personne qui travaille aux Laboratoires, et avec laquelle Viviant est en relation.* Il verrait bien. Il composa le numéro. Il avait un standard.

— Laboratoires Médipha, bonjour ! Quel service désirez-vous ?

— Je voudrais parler à Katia Volkof... Mais, dites-moi, quelle est exactement sa fonction chez vous ?

— Mais c'est la directrice, monsieur !

— Excusez-moi. Je n'en étais pas tout à fait sûr. J'aimerais lui parler.

— Ne quittez pas. Je vous passe sa secrétaire.

À éliminer, pensa Xavier. *Je veux la directrice.*

— Monsieur, vous désirez ?

— Je voudrais parler à votre directrice, Katia Volkof. Je suis médecin en province. J'emploie couramment vos médicaments. Et aujourd'hui je me trouve devant un cas très grave. Pouvez-vous me la passer une minute, s'il vous plaît ? C'est urgent !

— Ne quittez pas, docteur !

Quelques instants plus tard, Xavier avait Katia Volkof au bout du fil.

— Madame, dit-il, comme je l'ai annoncé à votre secrétaire, je suis médecin. Ce matin j'ai eu à examiner un cas inhabituel et troublant. Mais d'abord, connaissez-vous André Viviant ?

— André Viviant ? Bien sûr, il a été directeur des recherches de nos laboratoires. Il est à la retraite depuis plusieurs années. Pourquoi, il lui est arrivé quelque chose ?

— Pas vraiment ! Dites-moi, madame, travaille-t-il toujours pour vous ?

— Non, répondit Katia Volkof, méfiante. Nous savons seulement qu'il continue à faire des recherches pour son compte personnel. Nous n'avons aucun contrat avec lui. Si un jour il nous présentait quelque chose de valable, nous pourrions l'examiner. Mais encore une fois, il n'y a entre nous aucune obligation réciproque. Docteur, pourquoi me posez-vous cette question ? Vous connaissez monsieur Viviant ?

— Non, pas personnellement. Mais ce matin j'ai examiné une patiente que je suis régulièrement. Elle a passé la soirée avec Viviant, seule avec lui, chez lui à Galixt-sur-Aff... Une soirée galante dans l'intimité, et paraît-il bien arrosée. Ou bien droguée. Ce matin ma cliente s'est réveillée, toujours chez Viviant, seule dans une petite chambre, avec cinq traces de piqûres aux bras. Viviant dormait à l'étage. En circulant dans la maison, elle a découvert un laboratoire au sous-sol... Une fiche médicale à son nom, précisant que trois prises de sang lui avaient été faites... Des annotations cardiaques, sur sa tension, etc., etc. Ma cliente, effrayée, a réussi à s'enfuir de la maison avant le réveil de Viviant, en emportant la fiche ainsi que deux tubes de sang. Ils correspondent bien au même groupe sanguin que celui de ma cliente. Ils sont actuellement en cours d'analyses. Ma cliente, enfin, a arraché plusieurs pages d'un livre de « Recherches » où son nom figure... Une autopsie était même prévue pour ce matin... Alors, puisque vous connaissez ce personnage, êtes-vous en mesure de me donner quelques explications avant qu'une plainte ne soit déposée ?

— Mais ce n'est pas possible ! Pas possible ! bégayait au bout du fil une Katia Volkof atterrée. Il est devenu complètement fou ! Docteur, d'où me téléphonez-vous ?

— De mon cabinet, de Rennes !

Xavier sentait que Katia Volkof était désemparée.

— J'aimerais tant vous voir, dit-elle, après un instant de réflexion. Dommage que ce soit si loin !

— Oh ! Vous savez, madame, avec le TGV, Rennes-Paris, c'est une question de quelques heures. J'aimerais bien tirer cette affaire au clair. Je tiens beaucoup à cette cliente...

— Vous pourriez donc venir ?

— Demain, si vous voulez. C'est mon jour de repos hebdomadaire.

— Merci, docteur ! Voulez-vous que nous allions vous chercher à la gare ?

— Non, ce n'est pas utile. Je vais en profiter pour faire des courses à Paris.

— À quelle heure pouvez-vous nous rendre visite à Vincennes ?

— En début d'après-midi, vers 15 heures, par exemple.

— Parfait ! Je vous recevrai dès votre arrivée. Docteur ! Est-ce que je peux demander que votre cliente attende notre rencontre avant de déposer plainte ?

— Oui. C'est possible. D'ailleurs je n'aurai certains résultats d'analyses que dans 48 heures.

— Bien. Merci. Alors à demain, docteur.

Katia Volkof reposa le combiné et se prit la tête entre les mains.

— Mais il est devenu fou... fou... dit-elle à haute voix.

Elle se leva et commença à marcher en long et en large à travers son vaste bureau de directrice. Elle se souvenait qu'autrefois, lorsque Viviant arrivait aux phases finales de la mise au point d'un nouveau médicament, combien il devenait impatient de passer aux premiers traitements. Aujourd'hui Viviant, lâché en pleine nature, seul, livré à lui-même, avait sans doute fait une découverte, et il avait commencé l'expérimentation humaine, au mépris de toutes les règles éthiques et de toutes les lois.

Et les laboratoires Médipha, par ricochet, allaient être éclaboussés par le scandale. Voilà ce que voyait Katia Volkof.

— Certes, les laboratoires Médipha ne sont pas complices, dit-elle, mais ce sont eux qui ont équipé Viviant, et qui lui fournissent certains produits de vente interdite au public. Viviant n'était pas un laboratoire officiel. Il n'était qu'un simple particulier. Il faudrait vérifier si les Laboratoires le fournissaient toujours et quelle était la nature exacte des produits.

Les Laboratoires portaient une réelle responsabilité. Viviant avait été pendant des années directeur des recherches. De là à ce que le doute plane sur les méthodes employées par Médipha, que Katia dirigeait aujourd'hui, il n'y avait qu'un pas à franchir. Une certaine presse, toujours avide de sensationnel, quand elle ne vit pas de scandales, s'en chargerait. La concurrence exulterait. Beaucoup de médecins mettraient à l'index les médicaments Médipha. Il fallait arrêter ce processus infernal. Heureusement, elle avait affaire, semble-t-il, à un médecin compréhensif. Voilà ce que pensait Katia Volkof.

Devait-elle appeler Viviant tout de suite pour avoir une explication avec lui ? Non. Elle risquerait de s'emporter, d'être trop tranchante, d'arriver au plus mauvais résultat. Il fallait d'abord s'employer à dégager toute responsabilité des laboratoires Médipha.

Elle retourna à son bureau, appela, au téléphone intérieur, sa secrétaire pour lui dicter une lettre urgente, en sténo. *Une lettre que j'aurais dû écrire il y a longtemps*, pensa-t-elle. Elle avait beaucoup trop oublié Viviant.

Cher Monsieur,

Quand vous êtes parti à la retraite, il y a quatre ans, vous travailliez sur un projet qui vous tenait à cœur, et que vous seul, étant donné vos connaissances, étiez en mesure de mener à bien rapidement. Pour cela, et dans ce seul but, nous vous avions fourni exceptionnellement les matériels et produits dont vous aviez besoin.

Votre mise au point terminée, comme convenu vous nous avez confié le soin de procéder à l'homologation de votre produit, un nouvel agent anesthésique. Cette homologation est en cours et en très bonne voie d'aboutissement dans les mois à venir.

Il n'y a donc plus aucune raison pour que vous conserviez désormais le matériel prêté, dont liste en annexe, et ce qui peut vous rester des différents produits fournis par nos laboratoires.

À cet effet, veuillez nous faire savoir quand une de nos camionnettes peut aller chez vous récupérer ce qui est la propriété des laboratoires Médipha.

Dans l'attente du plaisir de vous lire à ce sujet, recevez, Monsieur, mes salutations distinguées.

La Directrice
Katia Volkof

— À envoyer dès ce soir et en recommandé, dit Katia Volkof à sa secrétaire.

Restée seule, Katia s'interrogea sur ce qu'elle pouvait encore faire. Rien d'autre pour ce soir. Il fallait attendre la visite du médecin pour avoir tous les détails.

*
* *

Le docteur Xavier Giquel expédia le plus vite qu'il put ses consultations et ses visites pour rentrer tôt chez lui et retrouver Linda.

— Au fait, belle aventurière, lui demanda-t-il au cours de la soirée, tu ne m'as pas dit où habitait Viviant, le vampire, ou bien sur le moment je n'y ai pas prêté attention.

— À Galixt-sur-Aff, une soixantaine de kilomètres de Rennes, répondit Linda.

— Galixt-sur-Aff, réfléchit Xavier. Ça me dit quelque chose. Attends. Je crois bien que c'est là où s'est installé un de mes vieux copains du CHU... Rio... Jean Rio... Je l'appelle tout de suite. Galixt-sur-Aff, c'est un petit patelin. Peut-être Jean connaît-il Viviant ? Sait-on jamais ? Voyons voir... Rio doit être sur mon répertoire téléphonique. Exact ! Il va être surpris de mon coup de fil, ce vieux chenapan.

— Allô ! Docteur Rio ?

— Non, monsieur, je suis le docteur Goffic. J'ai remplacé le docteur Rio, il y a six mois.

— Ah bon ? Écoutez, je suis le docteur Giquel, de Rennes. Rio est un de mes anciens camarades. Que s'est-il passé ?

— Toute une histoire, mon cher confrère ! Mais je préférerais que ce soit lui qui vous la raconte. Il est parti à Saint-Malo. Je peux vous donner son numéro de téléphone, si vous voulez.

— Volontiers.

Xavier, étonné de ce changement de cabinet, après si peu de temps, note le numéro, remercie son correspondant, et appelle son ami. Toute une histoire ? Cela voulait dire quoi ?

— Allô, docteur Jean Rio ?

— Oui, je vous écoute.

— Xavier Giquel. Qu'est-ce qui t'arrive ? Galixt-sur-Aff ne te plaisait plus ? Tu préfères soigner les corsaires de Saint-Malo, leurs femmes, leurs maîtresses, et leurs moussaillons ?

— Tu ne peux pas t'imaginer ce qui m'est tombé dessus. Ça me fait plaisir de t'entendre, Xavier ! Je souhaite qu'une chose pareille n'arrive à personne, même pas à mon pire ennemi.

Et Jean Rio de raconter l'histoire de Viviant, de la mort suspecte de la dernière femme de celui-ci, du refus d'inhumer, de l'autopsie, et de la lettre avec toutes ses conséquences.

Xavier, incrédule, écoute jusqu'au bout le récit de son ami, sans l'interrompre un instant, puis lui demande :

— Dis-moi, Jean, savais-tu que Viviant avait installé un laboratoire de recherches, dans le sous-sol de sa maison ?

— Quoi ? s'écrie Rio, à l'autre bout du fil. Qu'est-ce que tu dis ? Un labo...

— Eh oui, mon vieux ! Viviant est ancien

directeur des recherches des laboratoires Médipha. Et, aujourd'hui à la retraite, il n'a pas décroché. Il continuerait même des expériences, plus que douteuses, pour son compte personnel, et avec des méthodes pas catholiques du tout.

— Comment sais-tu ça ? demande Rio. Ça expliquerait peut-être certaines choses que nous n'avons pas pu mettre en évidence à l'autopsie...

— Écoute, Jean. Ça serait trop long à te raconter au téléphone. Viens-tu à Rennes de temps en temps?

— Bien sûr, tous les quinze jours, mes parents y habitent encore.

— La prochaine fois, peux-tu passer me voir ? Je te raconterai ce que je sais déjà, et ce que je vais bientôt apprendre. Je continue l'enquête.

— D'accord Xavier ! Et merci ! J'aimerais bien connaître, et je ne suis pas le seul, quelle espèce de drogue le vieux salaud a fait ingurgiter à sa dernière bonne femme. Pour les deux autres il ne m'a pas consulté. Crois-moi, il doit avoir découvert un drôle de bouillon de onze heures. Fort, rapide et sans trace. Trois femmes en trois ans, ça fait quand même beaucoup.

— Qu'est-ce que tu dis ? Trois femmes ? interroge Xavier.

— Eh oui, mon cher ! C'était sa troisième femme en trois ans. Et ce n'est pas la peine de songer à déterrer les deux dernières. Il les a fait incinérer.

— Ah ! Ah ! dit Xavier en raccrochant quelques minutes plus tard. Il s'en passe, des choses, à Galixt-sur-Aff... L'air y est malsain pour les femmes d'un chercheur clandestin. Un étrange virus se balade dans le secteur... Et il sortirait tout droit de la maison de Viviant.

Chapitre XXI

Lorsque le docteur Xavier Giquel pénétra dans le hall d'accueil des laboratoires Médipha, il marqua un temps d'arrêt, surpris, sinon interloqué. Impressionnante, cette grande pièce circulaire, haute de plafond, aux murs blancs, au sol de marbre blanc, avec en son milieu une dizaine de larges fauteuils blancs, faisant la ronde autour d'un socle blanc, moulure en plâtre, reproduction d'un chapiteau grec.

Sous l'immense et unique fenêtre qui éclairait l'ensemble d'une lumière crue, une hôtesse, en blouse blanche, était assise sagement derrière un petit bureau laqué blanc.

Dans ce décor d'une blancheur immaculée, et d'un dépouillement exemplaire, les seules notes de couleurs étaient le rouge à lèvres de l'hôtesse, très jolie fille, et le téléphone également rouge posé sur le bureau. Enfin, au milieu du cercle des fauteuils, sur le chapiteau grec, dans un très grand vase en céramique rouge, un magnifique bouquet d'oiseaux-de-paradis.

Avant d'oser faire un pas, Xavier jeta machinalement un coup d'œil à ses chaussures noires pour vérifier si elles étaient suffisamment propres pour ne laisser aucune trace irrévérencieuse. Il eut presque envie de retourner les essuyer une nouvelle fois sur le paillasson de l'entrée. *Non, tout de même,* pensa-t-il, *je vais paraître ridicule !* Il s'avança donc résolument et alla se présenter à l'hôtesse.

— Docteur Giquel ? Oui, la directrice m'a prévenue. Je lui signale votre arrivée. Veuillez vous asseoir un instant.

Les lèvres rouges, en un sourire charmant, avaient laissé passer suavement les paroles, entre des dents parfaitement blanches.

Xavier fit demi-tour vers les fauteuils blancs. Il nota, avec soulagement, que ses semelles n'avaient laissé aucune marque sur le sol blanc. Une chance ! Il fallait faire attention. Nous étions au royaume du cachet d'aspirine. Pas à celui du bronzage solaire, avec des vahinés couleur et goût chocolat. Xavier fit une petite moue de regret en regardant les oiseaux-de-paradis qui restaient muets, la queue plongée dans l'eau du vase.

À peine deux minutes plus tard, par la porte à droite du bureau de l'hôtesse, apparaissait une femme vêtue d'une très élégante robe noire. La cinquantaine, élancée, visage énergique et beau, un large sourire offert par des lèvres sensuelles.

— Docteur Giquel, soyez le bienvenu, et merci pour votre visite. Venez donc dans mon bureau, je vous prie.

Celui-ci n'était qu'à deux pas, vaste, accueillant, meublé avec infiniment de goût, un charme raffiné contrastant avec l'austérité aseptisée et clinique du hall d'entrée.

Voulant sans doute bien marquer qu'il ne s'agissait pas d'un entretien strictement professionnel, Katia Volkof invita son visiteur à s'asseoir dans le coin salon, à l'écart du bureau. Et elle-même prit place dans un fauteuil en face du docteur. Xavier ne put s'empêcher de remarquer qu'elle avait de très jolies jambes... Et qu'à trente ans elle devait être infiniment désirable... infiniment... Cinq roses baccara jaillissaient d'un vase de cristal posé sur un petit guéridon au dessus décoré d'une jolie marqueterie orientale.

— Quelle affaire ! dit Katia Volkof, avec un accent slave prononcé qui, autant que son nom, trahissait les origines russes de la directrice des laboratoires Médipha. Jamais je n'aurais pu imaginer que Viviant se livrerait un jour à de tels agissements. Votre coup de téléphone d'hier m'a bouleversée. Voyez-vous, j'ai succédé à Viviant, avant de devenir directrice générale. J'éprouve un peu de honte à ce que l'un des nôtres, l'un des plus brillants, et demeuré si longtemps dans la maison, puisse agir aujourd'hui d'une façon aussi monstrueuse. Mais hélas ! Vous avez des témoignages et des preuves, m'avez-vous dit, docteur ?

— Oui, j'ai des preuves, dit Xavier, en ouvrant son porte-documents. Les faits sont là, et accablants. Il ne fait aucun doute que Viviant se livre à de dangereuses expériences. Mais il semble très fort, très sûr de lui, et ne laisse aucune trace susceptible de le faire condamner, donc de l'empêcher de poursuivre... Pourtant, avec Linda, il semble bien avoir commis une erreur...

Xavier tendit alors la fiche et les deux

pages arrachées au registre « Recherches » tenu par Viviant.

— C'est bien son écriture, dit Katia Volkof, dès le premier coup d'œil. Il utilise également le même genre de fiche et de registre que lorsqu'il travaillait ici. Mais ses méthodes ne semblent plus être les mêmes... C'est regrettable.

Elle examina en silence, longuement, minutieusement les documents apportés par Xavier.

— Cinq piqûres, dit-elle enfin... La première fut l'anesthésie générale. Elle est référencée comme telle. Puis une prise de sang. Ensuite se place la piqûre Alpha, qui aurait dû être fatale... Viviant avait son jargon. Alpha voulait dire mortelle. La première lettre de l'éternité, osait-il plaisanter. Suivent les deux autres prises de sang. Mais dans le processus quelque chose n'a pas marché. Quoi ? Étonnant ! Viviant, commettre une erreur ? Il n'était probablement pas, pour une raison que j'ignore, dans toute la possession de ses moyens. Ça ne lui ressemble guère. Il a cru Linda morte... Et elle ne l'était pas... Il a échoué. Que s'est-il passé ? Très curieux ! Docteur Giquel, soyez-en persuadé, je saurai ce que Viviant a réellement tenté. Est-ce que je peux faire des photocopies de ces papiers ?

— Mais je vous les laisse, madame, dit Xavier. Ce sont déjà des photocopies.

— Je vous remercie, docteur. Avez-vous d'autres faits qui pourraient m'aider à démasquer Viviant ?

— Oh oui, madame !

Et Xavier raconta l'aventure vécue par son ami le docteur Jean Rio. Katia Volkof écoutait le récit, l'air de plus en plus ahuri et incrédule.

— Viviant m'avait bien appris, en son temps, la mort de sa femme, dit-elle. D'un cancer, je crois me souvenir. Mais j'ignorais qu'il s'était remarié aussi rapidement, et surtout par deux fois. Et qu'il avait, à nouveau, perdu ses deux nouvelles femmes. C'est encore plus monstrueux que tout ce que je pouvais imaginer. Il est fou... devenu complètement fou... Et vous me dites que l'autopsie de sa dernière femme n'a rien mis en évidence ? Qu'a-t-il donc bien pu trouver ? C'est effrayant ! Voyez-vous, docteur, je connaissais bien les idées, les opinions et les théories très particulières de Viviant sur la recherche en général, mais je ne pensais pas qu'un jour il oserait franchir le pas de l'expérimentation humaine directe, bafouant toutes les règles de notre profession. C'est lui qui, en quelque sorte, m'a formée, m'a initiée à la recherche fondamentale. Il avait l'habitude, le soir après le travail – il restait souvent très tard – d'enregistrer sur un magnétophone ses instructions, ses notes, ses projets et réflexions. Le matin j'arrivais avant lui et j'écoutais la bande. Il y avait le côté sérieux, technique, strictement professionnel... Et puis de temps à autre, brusquement Viviant se lançait dans des diatribes plus ou moins véhémentes sur la médecine, les médecins, ou n'importe quel sujet. Je prenais cela pour du défoulement. Je haussais les épaules. Professeur dans un amphithéâtre, il aurait fait la joie des étudiants. Après un cours fort sérieux, ou même pendant, il aurait été capable de se livrer avec eux à quelques chahuts monstres, histoire de dénoncer certains travers de notre société. J'en riais. Pouvais-je penser qu'il parlait sérieusement ? À son insu, par amusement, avant de les effacer, je groupais les passages les plus significatifs de ces morceaux choisis, sur une même bande, à l'aide de mon magnétophone personnel. Je vais vous les faire écouter. Ce n'est pas très long. C'est édifiant ! Ce sont des extraits, il n'y a donc pas toujours de liaison ou de rapport entre eux. Ils s'échelonnent sur plusieurs années.

« Docteur Giquel, voulez-vous un whisky, un cognac, ou quelque chose d'autre, en écoutant ? Vous savez, c'est presque indispensable. Vous allez en avoir besoin.

— Eh bien, whisky ! dit Xavier en s'enfonçant dans son fauteuil.

Katia Volkof fit le service avec toute la distinction d'une parfaite maîtresse de maison, puis se dirigea à son bureau et appuya sur un bouton. L'enregistrement démarra aussitôt. Une voix grave inonda la pièce, jaillissant de partout et de nulle part.

Au nom de l'argent ! Au nom du pouvoir ! Au nom de la haine ! Au nom de l'ambition ! Au nom de la guerre ! Au nom du pétrole ! Au nom de la gloire ! Au nom des grands mots creux, vides comme des tambours qui battent, tels des tam-tams, le rappel des citoyens à travers nos très florissantes campagnes électorales !

À chacun sur terre de choisir, et de faire son signe de croix.

Ainsi soit-il ! La prière des cons ?

Des centaines de milliers d'hommes, de

femmes, d'enfants meurent de faim de par le vaste monde.

Des peuples errent, ou sont emprisonnés depuis des générations dans des camps de misère, parce qu'on leur refuse une terre, une patrie.

Des ruisseaux de larmes ! Des ruisseaux de sang ! Au nom de l'amour ! Au nom de la paix ! Au nom de la morale ! Ainsi soit-il ! La prière des justes ?

Dans ce tintamarre de destruction guerrière, de souffrances, de morts, d'exclusions, d'errances, SACRILÈGE ! Voici qu'un homme se lève pour oser dire qu'il va sacrifier quelques vies au nom de la science...

Au nom de la morale, de partout on entend crier : Arrêtez-le ! C'est un fou dangereux. Alors cet homme s'interroge, interroge, ne comprend pas. Comment on accepte des milliers de morts pour sauver des barils de pétrole, des comptes en banque, des piles de jetons autour des tapis verts, pour sauver des têtes couronnées, des régimes de dictateurs, et on refuse quelques morts pour sauver des milliers de vies ? N'y a-t-il pas là quelque chose d'immoral ?

Non, monsieur ! Une mort à la guerre – peu importe le motif de celle-ci – est toujours héroïque, et mérite drapeaux, fanfares, discours, décorations.

Les morts sur les champs de bataille sont tellement spectaculaires ! À preuve, tous les envoyés spéciaux de toutes les télévisions du monde, qui se pressent et se bousculent pour être les premiers à les filmer, à en donner les plus belles images. Le grand scoop des jour-

naux de vingt heures.

Les morts du cancer sur les lits d'hôpitaux sont, eux, tellement ordinaires. Des morts sans éclat, sans gloire, qui ne méritent que l'ombre de l'anonymat et de l'oubli. Ils ne font pas recette. Ils ne font pas palpiter le cœur des audimètres des chaînes de télévision et de radio. Morale !

Que les honorables médecins réunissent dans un même hôpital cinq cents patients tous condamnés à mourir, à brève échéance, de la même maladie. Qu'on laisse un homme, modeste chercheur solitaire, leur dire :

— Je suis chimiste-biologiste. J'ai fait une découverte qui s'attaque au mal qui vous ronge et va vous détruire. Je suis arrivé au stade où l'expérimentation directe sur des hommes peut, seule, faire progresser ma découverte d'une façon considérable. Vous êtes, ici, cinq cents, qui allez mourir dans les mois qui viennent. Tous. Pas un seul ne va survivre. Je peux sauver un certain nombre d'entre vous. Combien ? Le quart, le tiers tout au plus. Mais tous, vous allez contribuer à finir de mettre au point un produit, un remède, qui épargnera la maladie aux générations futures.

Combien de ces condamnés à mort lèveront la main pour répondre : Prêts ? Combien feront un pas en avant vers cet homme ?

Tous, peut-être pas. Mais un grand nombre, j'en suis persuadé. Seulement, aucune instance ne donnera l'autorisation pour une telle expérimentation. Aucune. Parce que ce n'est pas moral. Parce que ce n'est pas légal. Il y a des instances pour déclarer des guerres meurtrières. Il n'y en a pas pour des combats pacifiques.

Que dites-vous ? Le ministre de la Santé publique ? Vous plaisantez ! Le pauvre ! Mal assis dans son fauteuil éjectable qui peut le propulser demain, soit ministre des Armées, donc de la Guerre (une promotion), soit ministre des transports (une voie de garage), soit ministre des Dom-Tom (un exil), soit sous-secrétaire d'état à l'Agriculture, chargé de la promotion du fromage de chèvre des environs de Saint-Flour en Auvergne, sur le marché des Halles de Rungis (une dérision).

Ce n'est pas un hasard si dans la langue française ministre rime avec cuistre. Ne convient-il pas de louer, au passage, les compétences multiples et interchangeables de ces grands hommes politiques qui, voguant au gré des vents souvent contraires, ballottés de gauche et de droite, s'emploient, avec une belle ténacité, à ne pas faire de vagues susceptibles de noyer à jamais leur ambitieuse carrière ?

N'étant en place que quelques semaines, quelques mois, quelques années tout au plus pour les plus résistants, pourquoi voulez-vous qu'ils s'attaquent aux vrais problèmes ? Ministre de la Santé un jour, les uns après les autres, tous sont morts pour toujours dans la mémoire des hommes. Sachant donc, vu leur incompétence, qu'un tel ministère ne leur offre aucun avenir, ils se contentent de survivre au présent, sans efficacité et sans gloire, en appelant des jours meilleurs.

Avez-vous déjà vu un ministre de la Santé guérir un seul malade ? Oui, une fois, il y en eut un. Un certain docteur Chouard-Lambert, si je ne m'abuse ? Mais on l'a viré avec fracas, au bout de quelques jours, lorsqu'on s'est aperçu, avec effarement, qu'il voulait faire de la vraie médecine, en abattant les vieux tabous, alors qu'on ne lui demandait – comme à ses prédécesseurs – que d'appliquer un cautère sur la jambe de bois républicaine rongée par des ulcères variqueux suintant la politicaille. Docteur Chouard-Lambert, en politique, il y a des maladies honteuses qui sont inguérissables et qu'il est inconvenant de dévoiler aux chers électeurs concitoyens et contribuables.

Ainsi donc se succèdent les ministres de la Santé, et passent, et disparaissent, après avoir, chacun leur tour, déclaré à la cantonade de beaux discours où les mots "éthique et morale" répétés jusqu'à satiété n'avaient plus aucun sens, ni aucune valeur. Les uns après les autres, ils se satisfont de jouer la comédie devant ces cons de citoyens, qu'ils considèrent malades imaginaires.

Liberté, Égalité, Fraternité.

La France a une bien belle devise. Pour la rendre plus juste, ne faudrait-il pas y ajouter un quatrième mot : hypocrisie ?

Car libres, nous sommes loin de l'être tous.

Égaux, encore moins, surtout devant la justice.

Fraternels, peu, et seulement de temps en temps. Mais hypocrites toujours ! Toujours !

Il serait peut-être bon d'ajouter une quatrième couleur au drapeau... Une bande noire, en diagonale ! La bande de l'hypocrisie !

Alors, en tout dernier, en désespoir de cause, faut-il laisser la parole à l'assemblée des médecins, à tous ces chers confrères qui se jalousent très ostensiblement ? Tous, bien sûr, en nobles, fidèles, et inconditionnels condisciples, ont prêté serment sur les hauteurs du mont Olympe, et sous le regard attentif de Zeus, devant la statue d'Hippolyte Péloponésopoulos, fabuleux arracheur de dents au temps des Dinosaures Diplodocus !

Là, le docteur Giquel fut pris d'une quinte de toux très soudaine, due à l'absorption trop rapide d'une dernière goulée de whisky. Il reposa son verre en s'excusant. Katia Volkof s'empressa de refaire le plein... Cependant que la voix grave de Viviant continuait :

« Tous ces médecins, nourris d'aussi belles références antiques les ont gravées en lettres d'or sur fond noir à la porte de leur cabinet. N'est-ce point morbide que d'afficher ainsi ses attestations sur une plaque mortuaire ? Les notaires en font autant, mais eux, on les comprend, étant exécuteurs testamentaires. »

La voix s'enfla soudain et devint d'une gravité exceptionnelle :

« Imaginez un peu une salle d'attente de toubib dont les murs seraient tendus de noir ! Accrochées aux tentures funèbres une suite de photographies en couleurs... Tout un choix de cercueils... Du plus luxueux, capitonné de frous-frous roses... Jusqu'au plus humble en planches noueuses et mal jointes de véritable pin des Landes... Descriptif et tarif affichés... Commission dix pour cent seulement pour le toubib... Imaginez la tête des braves grand-mères, venues faire soigner leur petite maladie de cœur... Raides ! Toutes ! Le toubib n'a plus qu'à décrocher le stéthoscope de ses oreilles,

se passer autour du cou l'étole violette du curé et se mettre à chanter le Requiem... Imaginez !

Non, tous ces toubibs, trop prétentieux, ne sont pas des surhommes. De la race humaine ils héritent qualités et défauts. Quand certains d'entre eux osent, par exemple, faire grève en prenant prétexte de vouloir défendre une médecine de qualité, croient-ils sincèrement que les malades soient dupes, au point d'ignorer qu'en fait leurs chers toubibs, gens très ordinaires, cachent des revendications de salaires, comme tous les honnêtes prolétaires syndiqués et grévistes du monde ? Médecine de qualité ? Mes fesses ! Ce sont des honoraires de qualité que défendent les chers confrères !

Lequel d'entre eux n'a jamais donné quelques jours de repos à un de ses clients, bien portant, qui désirait quelques jours de repos ? Et si je ne le fais pas, se disait cet honnête médecin, mon cher confrère du bout de la rue s'empressera de le faire. Alors l'Hippocrate devient l'Hypocrite... Par basse obligation concurrentielle médicale... Allons, ne tuons pas la poule aux œufs d'or. Plus les clients sont nombreux, plus les honoraires tombent dans l'escarcelle. Cette loi universelle du commerce épargne-t-elle la médecine ? Hippocrate-Hypocrite est-ce vraiment hasard si les deux mots se ressemblent de si belle et si vilaine façon ? »

— Madame, intervint le docteur Giquel, excusez-moi d'interrompre un instant ce beau et paranoïaque florilège des pensées et des opinions de Viviant. Dites-moi, savez-vous s'il appelait un médecin lorsqu'il tombait malade ?

— Je ne peux pas vous répondre, docteur. J'ai été son bras droit pendant dix ans, avant de prendre sa succession, puis la direction de Médipha, et durant tout ce temps où je l'ai côtoyé quotidiennement, je ne l'ai pas vu malade une seule fois, ou seulement même indisposé. Je ne parle pas des jours où il était grognon et parfaitement insupportable. En cas de maladie, je suppose qu'il essaierait d'abord de se soigner par lui-même. Le seul obstacle qu'il rencontrerait serait évidemment de se procurer les médicaments adéquats. Sans doute, et en tout dernier recours, serait-il contraint d'appeler un médecin, mais pour cette seule raison. Et je suis persuadée qu'au docteur, resté au pied du lit, il dicterait l'ordonnance. Le médecin se bornant à faire une belle dictée, de préférence sans faute, et avec une écriture lisible – la moindre des politesses.

— Il a donc de solides connaissances médicales ?

— Nécessairement. Un biologiste qui passe vingt ans à la tête d'un laboratoire pharmaceutique, à chercher et à mettre au point des médicaments contre toutes sortes de maladies, doit obligatoirement connaître autant que possible la cause, l'origine de ces maladies, ainsi que le mécanisme de leur développement. C'est indispensable. Il peut donc en remontrer à bien des médecins qui se bornent à diagnostiquer, identifier la maladie – chose, je vous le concède, pas toujours facile – pour ensuite prescrire une liste de médicaments appris à l'école et répertoriés dans le

Vidal. C'est d'ailleurs tout ce qu'on leur demande. Un bon diagnostic. Une bonne mémoire. La guérison elle-même étant assurée par les drogues. Dixit Viviant. Viviant est ce qu'on appelle un chercheur de très haut niveau, d'une très grande valeur, cela peut expliquer – sinon excuser – cette condescendance, voire ce mépris qu'il affiche parfois pour les médecins. Il ne les considère pas comme inutiles... mais comme beaucoup trop prétentieux. Pour lui, ils appartiennent à la branche inférieure de la médecine, à la classe des simples exécutants. La classe supérieure étant évidemment la sienne, la classe des chercheurs, celle qui dicte des ordres à des subalternes. Dans tel cas vous devez appliquer tel traitement, en employant tel médicament, en respectant telle dose, en contrôlant si telle ou telle réaction se produit ou non, en faisant attention à telle ou telle contre-indication. Un travail de routine. Pour Viviant, le travail de fond, c'est lui qui le fait. Avant de terminer, docteur Giquel, écoutez encore ce dernier passage. Il est significatif à cet égard.

Les médecins ne sont que des ordonnateurs de pilules et de suppositoires. Certains même sont persuadés que plus l'ordonnance est longue, donc que les médicaments sont nombreux, et plus grande apparaîtra leur compétence et leur science. Le pharmacien, l'exécuteur, le distributeur de tous ces bienfaits, ne pourra que remercier un docteur aussi généreux à son égard... Bien évidemment, l'ordonnance se doit d'être rédigée d'une écriture à peu près illisible, ceci afin de convaincre le malade – admiratif et pantois ! – qu'elle est rédigée en grec, langue d'Hippocrate le Vieux...

Ce n'est pas le médecin qui guérit, c'est la drogue mise au point par le chercheur biologiste. Mais c'est le médecin qui tient le beau rôle sur le devant de la scène, et qui reçoit les ovations du public. Le chercheur, lui, oublié dans la trappe du souffleur, n'a le droit de recevoir que les poussières du plateau, lorsque la femme de ménage vient balayer les planches avant la séance du lendemain...

Katia Volkof était allée à son bureau et avait appuyé sur un bouton.

— Docteur Giquel, dit-elle, arrêtons là, si vous voulez bien, cet édifiant et éloquent discours de Viviant. Je dois tout de même vous signaler qu'en dehors de ces paroles très excessives, de ces sentences abusives, il avait pour certains médecins une admiration sincère. Mais ils sont deux ou trois où ils devraient être cent, disait-il. Je pense, docteur Giquel, que vous avez désormais une idée bien précise du personnage. Voyez-vous, tant qu'il était au laboratoire, même en tant que directeur des recherches, il était dépendant, sinon prisonnier, en tout cas maintenu dans un certain cadre, une certaine ligne de conduite définie, puis imposée par une direction générale et un conseil d'administration. Mais aujourd'hui, il est son seul maître, n'ayant de compte à rendre à personne, sans barrière, sans garde-fou. De toute évidence il est devenu dangereux. Même si la finalité de ses recherches est bonne, elle ne peut excuser des méthodes répréhensibles... jusqu'à basculer dans le crime.

« Je peux faire pression sur lui. En mon nom puisque j'ai été, pendant des années, sa collaboratrice directe – et croyez-moi, ce rôle n'a pas toujours été facile, vous pouvez l'imaginer –, mais aussi et surtout au nom des laboratoires Médipha. Dès votre coup de fil d'hier, j'ai d'ailleurs commencé à intervenir par lettre. Viviant n'est pas un homme foncièrement mauvais, c'est pourquoi j'espère qu'il n'est pas trop tard pour le faire revenir à la raison, et le remettre sur la bonne voie.

« J'aimerais évidemment que votre patiente ne porte pas plainte. Ce n'est, bien sûr, qu'un souhait. Je ne puis exiger un tel renoncement.

— Écoutez, madame, répondit le docteur Giquel, je suis venu m'assurer que vos laboratoires ne sont heureusement pour rien dans cette affaire. Ma cliente n'est pas tellement fière de ce qui lui est arrivé. Elle ne tient donc pas à ce qu'une publicité tapageuse s'empare de l'affaire... Ni qu'elle se retrouve mêlée à un scandale. Côté médical, il ne semble pas que des suites soient à craindre. Côté émotionnel, je m'en charge. La seule chose que je suis venu vous demander, c'est d'intervenir énergiquement auprès de Viviant pour qu'il ne cherche, et cela d'aucune façon, à nuire à ma cliente. Qu'il l'oublie ! Et qu'il ne recommence pas avec d'autres ! Je ne peux cautionner le crime.

— Je vous remercie, docteur, dit une Katia Volkof soulagée, et je remercie votre patiente de son attitude indulgente. Faites-moi confiance pour le reste. Je veillerai personnellement à ce que Viviant ne l'importune plus jamais... Et qu'il cesse pour toujours ses expériences diaboliques.

Katia Volkof, en son for intérieur, avait pris une décision irrévocable, mais elle ne pouvait pas la dévoiler, surtout à un médecin... disciple d'Hippocrate.

— Docteur, dit-elle, avant de partir, aimeriez-vous visiter nos laboratoires, et savoir comment sont fabriquées quelques-unes des drogues mises au point par Viviant, et que vous devez sans doute prescrire à vos malades ?

— Volontiers, répondit Xavier Giquel, en se levant et en suivant son hôtesse.

Chapitre XXII

Auguste Floch trouva la lettre de sa sœur Armelle le samedi soir, en revenant d'une journée passée avec ses amis Madec du côté de Carnac.

Il ne put s'empêcher de téléphoner aussitôt à Hervé Kermeur.

— On a fait mouche, mon vieux, lui dit-il d'entrée de jeu dès qu'il l'eut au bout du fil. Hier matin, Viviant est vite parti de Port-Navalo, la trouille aux fesses et la queue basse entre les jambes, quand Armelle lui a annoncé qu'elle avait un frère juge d'instruction. Il devait passer le week-end avec elle. Et subitement il « s'est souvenu » qu'il avait un ami à voir d'urgence à Paris... qu'il était désolé de la quitter si rapidement, mais qu'il le fallait s'il voulait être dans la capitale le soir même.

— C'était quand, au juste, ce beau mensonge ? demanda Kermeur.

— Hier matin ! répondit Floch

— Et il devait être à Paris le soir même ?

— Oui. C'est du moins ce qu'il a affirmé à Armelle. Pourquoi me demandes-tu cela ?

— Parce que, répondit Kermeur en rigolant, figure-toi que j'ai croisé Viviant cet après-midi dans Galixt-sur-Aff. Il sortait de la boulangerie avec une baguette de pain sous le bras.

— De mieux en mieux ! dit Floch. Ce gars-là ne paraît vraiment pas net. Une chose est sûre : il juge peu fréquentable la justice et ceux qui de près ou de loin la représentent. Il a certainement quelque chose à se reprocher. Hervé ! Tu peux te charger de le surveiller discrètement ?

— Rassure-toi, Auguste ! C'est ce que je fais depuis ta visite de l'autre jour. Je n'ai jamais été aussi souvent me promener le long de la rivière en face de chez lui. C'est un joli coin. Je m'assois sur un banc pour lire mon journal. Et dame ! Mon regard passe souvent nettement au-dessus des pages. Finalement, je crois que j'ai peut-être raté ma vocation. Au lieu d'avocat, j'aurais pu faire un fin limier, un honnête policier. Qu'en penses-tu, Auguste ?

Floch riait de bon cœur, au téléphone.

— Et peut-être bien que moi j'aurais pu faire un avocat tout à fait convenable, finit-il par dire, en souhaitant une bonne fin de soirée à son ami.

Il jubilait. Il était revenu quelques années en arrière, au temps où il mettait le doigt là où un malfrat accuse le coup, commence à s'affoler et à commettre les pires sottises, les fautes impardonnables et fatales.

Il réfléchit un moment puis s'assit de nouveau près du téléphone. Cette fois-ci il appelait Armelle.

— Bonsoir, petite sœur ! dit-il, jovial, quand celle-ci décrocha.

— Auguste ! Si tu savais comme ça me fait plaisir de t'entendre.

— Et à moi donc, Armelle !

— J'ai l'impression que je viens d'échapper à un naufrage.

— Oh oui ! Tu peux le dire. Heureusement que nous avons eu le brave Kermeur...

— Hervé Kermeur ? Pourquoi ?

— Mais parce qu'il habite Galixt-sur-Aff.

— Ah mais c'est vrai ! J'avais complètement oublié qu'il avait une maison là-bas. Que savez-vous donc sur ce Viviant, qui lui flanque une telle peur bleue ?

— D'abord, je t'apprends que ton ami, si pressé de te quitter hier matin est toujours chez lui à Galixt-sur-Aff.

— Le salaud ! ne put s'empêcher de laisser échapper Armelle.

— Je ne te le fais pas dire, ponctua son frère. Écoute, ce soir, je vais te raconter l'essentiel, en passant sur les détails. De toute façon Kermeur continue l'enquête. Voici ce que nous avons appris...

Et Auguste Floch fit le récit de ce qu'il savait sur le prétendant au mariage avec sa sœur. Celle-ci écouta sans broncher, sans interrompre. Cela lui paraissait effrayant. Elle avait ouvert sa porte à un monstre. Elle l'avait accueilli les bras ouverts, sans méfiance. Pis encore, elle s'était donnée à lui, sans réserve ni retenue. Et y avait trouvé du plaisir. Était-elle donc tombée si bas ? Ça lui ressemblait si peu. Elle si pudique autrefois. Quel démon s'était emparé d'elle ?

— J'ai honte, confessa-t-elle à son frère, à voix basse, quand celui-ci termina son récit.

— Mais non, Armelle, il ne faut pas. Viviant t'a piégée, c'est tout. Je pense seulement que nous avons devant nous quelqu'un de très intelligent et de très fort. Il est démasqué, c'est le principal. Écoute, Armelle, j'aimerais bien que tu l'appelles ce soir pour lui dire que finalement tu n'es pas dupe de sa fuite, et que tu connais un certain nombre des vilaines actions qu'il te cachait soigneusement.

— Compte sur moi, Auguste ! Maintenant que j'ai appris toutes ces jolies choses, je sens monter en moi des petites vengeances qui ne demandent qu'à être assouvies, si je veux dormir tranquille cette nuit.

Après avoir pris rendez-vous avec son frère, pour le lendemain à Vannes, Armelle réfléchit longuement sur la manière dont elle allait lancer les banderilles pour commencer à faire souffrir le taureau. Elle laissa passer une bonne demi-heure, le temps de retrouver tout son calme. Puis elle composa le numéro de Viviant. Le téléphone sonna plusieurs minutes avant que son amant se décide à décrocher.

— Allô, mon chéri ?

— C'est toi, Armelle ?

— Mais oui, mon gros lapin, c'est moi ! Surpris ? Je ne te dérange pas, au moins ? Tu étais peut-être en bas, dans ton laboratoire tout blanc, au milieu de tes alambics, en train de fabriquer de l'héroïne, de la morphine... ou de la mort aux rats ?

— Armelle, voyons !

— Chéri ! Tu ne m'avais pas dit non plus que j'allais être la quatrième madame Viviant ? Sans doute ne voulais-tu pas m'effrayer de l'approche d'une mort inévitable au bout de quelques mois seulement de mariage ? Une mort brutale, de préférence... avec incinération pour ne laisser aucune trace... Que c'est vilain, mon chéri, toutes ces petites cachotteries !

— Mais, allons, Armelle ! Qui a bien pu te raconter tout ça ?

— Chéri, excuse-moi ! J'ai peut-être oublié de te dire que j'avais un frère juge d'instruction... Au fait tu ne devais pas être à Paris depuis hier soir ?

Et Armelle raccrocha l'appareil d'un coup sec.

— Dommage, dit-elle que je n'aie pas ce type de téléphone qui vous offre en prime la tête de votre correspondant ! Celle de Viviant doit être très intéressante à regarder en ce moment... Le pauvre chéri !

Viviant était debout, stupéfait, effaré, l'écouteur resté bêtement collé à l'oreille. Un drôle de bip-bip commençait à lui résonner dans la tête.

En un jour et demi, à peine, Armelle a brusquement tout appris, se dit-il. Hier matin, elle ne savait rien, sans quoi elle aurait certainement refusé de faire l'amour avec lui. C'est aussi hier matin qu'elle lui a avoué que son frère était juge d'instruction. À la retraite, avait-elle dit. Cela était moins que certain. Il était évident que son frère avait déclenché une enquête, ou l'avait fait déclencher, ce qui, de toute façon, revenait au même. Il venait d'en connaître les premiers résultats et en avait aussitôt averti Armelle.

Cette enquête dure depuis combien de temps ? Il est dans le collimateur de la police et ne s'est aperçu de rien. Armelle est plus dangereuse que ses trois autres femmes réunies. Le bouquet ! Une belle espionne... Manquait plus que ça au tableau de chasse. Inutile de s'y frotter. À l'heure qu'il est, elle doit être sérieusement protégée.

Mais bon Dieu ! Comment a-t-elle pu apprendre qu'il avait un laboratoire au sous-sol ? Un laboratoire tout blanc... avec des alambics... C'est donc que quelqu'un l'avait vu ? L'avait visité ? À son insu ? Et le pire de tout... On le soupçonnait d'y fabriquer de la drogue... Héroïne, morphine... Rien que ça. Il était filé par la brigade des stups... Les plus virulents, les plus tordus de tous... Un comble ! Protester, à qui ? Et si l'épisode Linda faisait surface, venait se mêler à l'affaire ? Katia Volkof devait déjà être au courant...

Viviant s'avoua être dans de sales draps. Mais que pouvait-il faire ?

Surtout ne pas avoir l'air de s'affoler. Jouer non coupable. Il maintenait donc tout son programme. Lundi, comme prévu, il lèverait l'ancre, le plus tôt possible... Et en essayant de brouiller les pistes.

Chapitre XXIII

Dès le lundi après-midi, Viviant prenait la route vers le Maroc, *via* Paris et Sète, au volant de son Eriba flambant neuf, chargé de tout le nécessaire pour le long voyage. Chaque chose avait été soigneusement rangée à sa place dans les coffres, placards, penderie, cuisine, cabinet de toilette. Il lui semblait que voyager ainsi, assis dans sa maison, avec tout le confort autour de soi, à portée de la main, avait quelque chose d'extraordinaire. Mais son plaisir était loin d'être complet. En réalité il fuyait. Le coup de fil d'Armelle... Le souvenir de Linda...

Et demain, à Paris, qu'est-ce qui l'attendait ? Si Katia Volkof était réellement au courant du coup manqué avec Linda, le face-à-face risquait de se dérouler de façon orageuse et assez inconfortable pour lui. Les répliques ne seraient pas faciles à trouver... même pour le meilleur dialoguiste.

Il finit par se dire qu'il y a des moments dans la vie où il faut savoir faire semblant de courber l'échine. Alors... alors il devient humainement difficile d'accabler quelqu'un qui fait amende très honorable de ses péchés... reconnaît ses errements passés... demande avec humilité qu'au moins la pénitence soit douce et légère, si vraiment... vraiment il est jugé que l'indulgence ne puisse être plénière. C'est en vidant en cachette les burettes de vin de messe, quand il était enfant de chœur, qu'il avait, en bon catéchumène, appris toutes ces choses chrétiennes.

En dernier lieu, s'il apparaissait impossible d'obtenir davantage de Katia Volkof, il demanderait un délai de grâce avant l'application du châtiment. Le condamné à la guillotine a droit de fumer tranquillement une dernière cigarette. Lui espérait bien obtenir le paquet tout entier. Il demanderait des Gitanes maïs. Offrant l'avantage de s'éteindre sans arrêt, elles lui donneraient un délai supplémentaire. Avec une bonne dose de mauvaise volonté, il lui faudrait bien plusieurs mois pour en venir à bout. C'était juste le temps nécessaire pour aller dans le désert saharien, rapporter les cactées « mangeuses de sang », terminer ses recherches, et faire ses ultimes expériences.

Que diable ! Lui, Viviant, avait encore suffisamment de talent pour faire patienter le bourreau, au pied de la guillotine, et le curé impatient de donner son absolution, et le représentant du président de la République, qui, vomissant cette scène ignoble, avait hâte d'y tourner le dos et d'aller vite rendre compte à son maître que le refus de grâce avait été exécuté dans toutes les règles de l'art.

À ce stade de réflexion morbide, Viviant pensa qu'il aurait peut-être dû s'assurer les bons offices d'un avocat de renom, tel ce maître Anatole Bergès, fumeur notoire de cigares de Cuba. Lui, au moins, se serait employé avec un art consommé de la mise en scène, avec suffisamment de mauvaise foi évidente, alliée à suffisamment de nonchalance calculée, à frotter le petit bout rose des allumettes suédoises, de telle sorte qu'elles n'enflamment qu'avec une extrême difficulté le petit bout brun des Gitanes.

Lui, Viviant, quitte à assister à quelques beaux crêpages de chignon, bénéficiant de cette éternelle rivalité entre brunes et blondes, entre chaud et froid, gagnerait le temps indispensable. Mais il était trop tard. Il lui fallait affronter Katia, la Russe, qui n'était ni brune, ni blonde, mais rousse. Un caprice de la nature. Un tempérament de feu... C'était bien sa chance.

*
* *

C'est dans ces dispositions d'esprit libéré et d'humilité confiante que le lendemain matin Viviant franchit la porte des laboratoires Médipha.

Oh ! Oh ! Il y avait eu du changement... Un magistral coup de balai, suivi de nombreux coups de pinceaux. Le hall d'accueil était métamorphosé. Place au siècle Design and Co. Le vieux rhumatisant, bronchiteux et moustachu qui montait la garde naguère avait été emporté en même temps que les meubles 1900.

Viviant dut reconnaître qu'il avait été très avantageusement remplacé par un beau spécimen de fille, à qui on avait enseigné le rôle d'hôtesse. Peu de paroles, mais beaucoup de présence physique. Viviant pensa qu'une si belle anatomie serait, entre ses mains, un joli champ d'expériences.

Il alla donc se présenter au petit chaperon, tout de blanc vêtu, assis gentiment derrière son petit bureau laqué blanc, tout en sachant pertinemment que le nom de Viviant ne lui dirait strictement rien. Et ce fut le cas.

— Écoutez, mademoiselle, dites simplement à Katia Volkof que son vieil ami Viviant vient lui faire ses adieux avant de s'envoler pour l'Afrique.

Le petit chaperon fit aussitôt la commission, sans oublier un seul mot. Preuve qu'il avait de la mémoire !

— Mme Volkof va vous recevoir, monsieur. Veuillez patienter. Elle a quelqu'un en ce moment.

Il alla donc gentiment s'asseoir, en pensant que Katia était probablement seule, mais qu'il fallait lui laisser quelques minutes pour réagir convenablement à la surprise. C'était la première fois qu'il revenait depuis plus de quatre ans. Un bail. Il était presque un fantôme en ces lieux métamorphosés et blanchis.

L'attente fut de courte durée. Katia apparut, plus belle encore qu'il ne l'avait jamais connue. Elle s'avançait vers lui, sûre d'elle, presque arrogante. Viviant se sentait devenir tout petit devant cette femme si maîtresse d'elle-même.

— Que penses-tu de notre nouveau look ? demanda Katia en désignant, d'un geste large, le hall d'entrée.

— Un tantinet cachet d'aspirine ! répondit

Viviant en essayant d'y mettre une pointe d'humour.

— Normal, non, puisque nous en fabriquons ? dit Katia.

— Je reconnais, dit Viviant, que le remplacement du vieux Firmin par une aussi jolie fille est un progrès notoire.

Katia Volkof préféra ne pas répondre. Viviant se contenta de la suivre. Il fut surpris de la voir le faire entrer dans le bureau du président-directeur général.

— C'est ton bureau ? interrogea Viviant, médusé.

— Eh oui ! dit Katia. Ici, c'est chez moi, depuis un certain temps déjà. Étonné ?

— Plutôt... En quatre ans tu as fait du chemin.

— Je n'aime pas tellement perdre mon temps. Tu devrais le savoir. Assieds-toi. Tu viens sans doute me donner des explications sur la manière dont tu te débarrasses de tes femmes et dont tu traites ta maîtresse d'un soir ?

Viviant accusa le coup... resta un instant interloqué. Katia savait tout et attaquait bille en tête.

— Tu es au courant ? finit-il par demander.

— On ne peut pas dire que tu sois une référence pour les laboratoires Médipha, dit sèchement Katia, en ignorant la question de Viviant. Voici ce que m'a apporté un médecin de Rennes, il y a 48 heures, continua-t-elle en lui jetant presque à la figure la fiche sur Linda et les feuillets arrachés au registre « Recherches ». Je ne me trompe pas. C'est bien ton écriture ? C'est bien toi ? Tu peux les déchirer si tu veux. Nous en avons des photocopies. Alors parle !

Katia était debout, derrière son bureau, folle d'une rage à peine contenue. Ceux qui les avaient connus amants, quelques années auparavant, auraient eu du mal à croire possible pareilles retrouvailles tumultueuses.

— D'accord, Katia ! D'accord ! Je vais parler, dit Viviant après s'être ressaisi. Primo, je commence par te faire remarquer que ma troisième femme a été autopsiée dans toutes les règles de l'art, et que tous les médecins, légistes ou pas, qui ont tourné autour d'elle sagement allongée sur la table, en fouillant partout dans ses organes et dans ses tripes, n'ont rien trouvé d'anormal... Absolument rien. Sans cela, tu penses bien, je ne serais pas ici, mais en cabane. Et d'un !

« Deuxio : ma deuxième femme est morte dans une clinique, entourée par une troupe de médecins, grands spécialistes, paraît-il, et qui, eux non plus, n'ont rien trouvé d'anormal... Absolument rien...

« Tertio : ma première femme avait un cancer inguérissable. Elle était condamnée. Elle n'avait plus que quelques mois à vivre. Alors si j'ai un peu "hâté" sa fin, je considère que ce n'est qu'un cas d'euthanasie humanitaire pour empêcher de la voir souffrir moralement et physiquement. Alors même si toi, Katia Volkof, tu soupçonnes fort, et peut-être avec raison, que j'ai trucidé mes deux dernières femmes, avoue-le, de main de maître, tu ne pourras pas faire mieux que les honorables grands toubibs qui, eux, n'y ont vu que du feu. De toute façon, j'ai pris la précaution de faire incinérer mes deux dernières épouses, tout à fait légalement, et j'ai jeté leurs cendres dans la rivière qui passe en bas de chez moi. Si ça te chante, tu peux toujours aller interroger les poissons. On a vu des carpes bâiller, mais, à ma connaissance, aucune n'a encore osé parler. D'ailleurs, c'est heureux pour les pêcheurs, car ils se feraient copieusement insulter.

« Reste le Quatro : Linda. Une petite pute sans autre intérêt que d'être bien roulée, et que j'avais invitée à gueuletonner un soir à la maison. Assise à poil sur mes genoux, elle buvait le champagne à même le goulot de la bouteille, prenait la langouste à pleines mains et croquait dedans à pleines dents. Si c'est ça l'acte d'accusation, il ne fera pas très sérieux, ni très convenable devant des juges, prisonniers de leur chères et pudibondes épouses, et qui aimeraient bien s'échapper de temps en temps de leurs griffes pour vivre des soirées aussi frivoles... Alors je ne vois vraiment pas ce que les laboratoires Médipha viennent faire là-dedans. Est-ce que ça te suffit comme explications ?

— Suppose que cette Linda porte plainte ?

— Elle ne le fera pas.

— Tu en es sûr ?

— Quel intérêt aurait-elle à attirer le scandale sur elle-même ? C'est une putain, n'oublie pas. Même de luxe, ce n'est pas un métier à clamer sur les toits.

— Comment expliques-tu alors que son médecin soit venu directement me trouver, moi, directrice générale des laboratoires Médipha ?

— Ça, je n'en sais rien. Peut-être voulait-il essayer de faire du chantage ?

— Viviant, imagine un peu que l'histoire

arrive aux oreilles d'un journaliste en mal de copie. Tu vois les gros titres dans une certaine presse à scandale : "L'ancien directeur des recherches des laboratoires Médipha se livre à de curieuses activités dans sa maison de Galixt-sur-Aff. Médipha lui a fourni gracieusement le matériel le plus sophistiqué existant actuellement sur le marché scientifique, pour l'aider à réaliser des expérimentations humaines. Trois femmes sont déjà mortes. Une quatrième sauvée d'extrême justesse, etc., etc." Tu réalises la réaction des milliers de médecins qui prescrivent nos produits ? Tu réalises la joie de nos concurrents ? Tu es inconscient ou quoi ? Les laboratoires Médipha, considérés comme tes complices, n'auraient plus qu'à fermer leur porte.

Viviant, ébranlé par cette logique quasi irréfutable, demeura silencieux.

— Comment recrutes-tu tes femmes ? interrogea Katia Volkof, consciente qu'elle venait de marquer des points.

— Tout bêtement par les petites annonces, à la rubrique "Rencontres". On recrute bien une secrétaire, un chimiste, un comptable, par annonces, je ne vois pas pourquoi on s'y prendrait autrement pour une maîtresse. Il suffit évidemment de faire passer des tests aux candidates pour vérifier leurs capacités, et de choisir la meilleure, la plus douée, et, tant qu'à faire, la plus belle...

— Tu es complètement immoral !

— Non. Simplement pratique.

— Tu comptes continuer ?

— À avoir des maîtresses ? Pourquoi pas ?

— À ton âge ?

— Comment ça, à mon âge ! Je n'ai pas

encore atteint l'âge de Victor Hugo...

— Que vient faire Victor Hugo là-dedans ?

— Figure-toi qu'à 80 berges le vieux poète n'avait pas tout à fait renoncé aux jeux de l'amour. Et à quelqu'un qui, comme toi, lui faisait remarquer que ce n'était plus de son âge, ce genre de galipettes, il répondit : "La nature ne m'en a pas encore averti." Eh bien ma chère ! Elle ne m'a rien dit, à moi non plus. Et je suis très loin d'avoir 80 ans. J'ai donc encore du bon temps devant moi, et j'espère donner un peu de plaisir à quelques esseulées, pas complètement sevrées.

— Imbécile ! Ce n'est pas de ça que je voulais parler, et tu le sais bien, s'empressa de rectifier Katia Volkof.

Elle sentait la conversation dévier sur un terrain où elle savait Viviant très prolixe et maître incontesté. Elle avait été sa maîtresse durant plusieurs années, la suite de sa carrière étant alors à ce prix.

— Allons, Katia, intervint Viviant, en réalité, tu sais bien que je suis plein de pudeur, comme le moine.

— Quel moine ? demanda Katia, en réalisant trop tard qu'elle était en train de tomber dans un piège.

— Le moine qui venait de faire l'amour avec une bonne sœur couverte de puces ! Quand le brave homme s'aperçut de l'invasion, il se précipita à la fenêtre du couvent pour secouer sa robe de bure, en disant, l'air contrit : "Pardon Seigneur ! Excusez-moi ! Je suis plein de confusion..."

Katia essaya bien de pincer les lèvres, pour ne pas éclater de rire. Mais ce fut peine perdue. Elle ne put se retenir.

— Ah ben dis donc ! lança Viviant joyeusement. Ce matin il faut te chatouiller la barbichette un bon bout de temps avant que tu fasses risette...

Katia, reprenant son sérieux, lui déclara qu'elle voulait simplement lui demander s'il comptait recommencer ses expériences sur des humains.

— Ce ne sera pas nécessaire, dit Viviant.

— Absolument certain ?

— Certain. Promis. Juré. Je regrette l'épisode Linda. Finalement, depuis, je me suis rendu compte que ce n'était pas utile à mes recherches.

— Tu as donc réellement trouvé quelque chose ?

— Oui. Et quelque chose de beaucoup plus intéressant que le pavot d'Orient, que la morphine, que l'opium, ou que l'héroïne. Une substance extraordinaire, mais difficile à maîtriser, et que j'ai découverte, par hasard, chez les Touaregs.

— J'ai cru entendre l'hôtesse annoncer tout à l'heure que tu partais pour l'Afrique, est-ce vrai ? demanda Katia.

— C'est exact répondit Viviant. Je retourne chercher, disons, de la matière première.

— Chez tes Indiens ?

— Quels Indiens ?

— Enfin chez tes bédouins, tes Arabes, appelle-les comme tu voudras.

— Fais attention, Katia, de ne pas mettre tout le monde dans le même sac. Mes Touaregs de Tinfou sont des gens bien.

— Est-ce que ce ne sont pas eux qu'on appelle “les hommes bleus” ? Ils sont réellement bleus ?

— Mais non, ils ne sont pas bleus. Leur nom vient de ce qu'autrefois ils portaient d'amples costumes en cotonnade indigo, et un litham de même couleur, voile qui leur masquait le bas du visage. Ce litham déteignait sous la pluie et colorait leur visage, d'où le nom, tout simplement, "d'hommes bleus".

— Tu descends jusqu'où exactement ?

— Jusqu'aux portes du désert, au sud de Zagora. Cette fois-ci je m'y rends en camping-car, un moyen adapté à ce genre d'expédition. Je m'embarque à Sète après-demain. Je débarquerai à Tanger un jour et demi plus tard. Et je serai à pied d'œuvre, à Zagora, en quatre ou cinq jours, après avoir traversé l'Atlas.

— Tu passes par Marrakech ?

— Au retour seulement. J'y ai prévu une étape-repos d'une dizaine de jours, pour le "plaisir des yeux". J'aime cette ville et son ambiance particulière et colorée.

Katia Volkof, en écoutant Viviant, avait soudain réalisé qu'il se présentait à elle une opportunité qu'il ne fallait pas manquer.

— J'aimerais bien visiter Marrakech, dit-elle innocemment. Depuis le temps qu'on me parle de cette ville, paraît-il si extraordinaire, si singulière.

— Eh bien, Katia ! Tu prends l'avion et tu me rejoins là-bas. Dépaysement garanti. Guide assuré à l'arrivée. Je te ferai visiter les souks, la palmeraie, les jardins et les palais merveilleux... Et puis, n'oublie pas, j'ai un lit à deux places dans ma roulotte...

— Et si je disais oui ? lança Katia.

— Mais ça me ferait un sacré plaisir ! répondit Viviant.

— Quand seras-tu là-bas ?

Viviant consulta son agenda. Jour après jour son itinéraire y était programmé et tracé.

— Du onze au vingt-deux, dit-il

— Le onze, c'est quel jour ?

— Un vendredi.

— Alors j'arriverai le samedi. Non plutôt le lundi treize. Un jour porte-bonheur. Où seras-tu ?

— Mais au camping. Je me suis renseigné. Il est situé presque en ville, et très convenable, à ce qu'il paraît.

— Je n'ai pris aucun jour de congé depuis plus d'un an, dit Katia. Décrocher une semaine me fera du bien. Je te préviendrai aussitôt arrivée.

— Alors sérieux ? On fait la paix ? Tu viens vraiment ? demanda Viviant presque incrédule.

— On fait la paix, répondit Katia. J'irai. Ce sera la paix de Marrakech.

— Alors je convoquerai le grand sultan pour qu'il assiste à la cérémonie et contresigne le document, ajouta Viviant au comble de la joie.

Le seul point de confusion sur ce traité, si vite conclu, c'est que Viviant pensait à une paix qui lui ouvrirait à nouveau la porte de toutes les libertés, tandis que Katia Volkof, froide et calculatrice, pensait à la paix éternelle. Elle pensait même que Marrakech était l'endroit idéal.

— J'ai une réunion dans une demi-heure, dit-elle en consultant sa montre. Il faut que je te quitte. C'est entendu, au treize !

— D'accord dit Viviant en prenant congé. Au treize!

En sortant sur le boulevard, il marchait presque sur des nuages... Il était aux anges... Déjà !

Chapitre XXIV

Trois semaines plus tard, Katia Volkof, le sourire aux lèvres, finissait de préparer sa valise. Elle avait téléphoné la veille au camping de Marrakech pour savoir si Viviant y était bien arrivé. On lui avait confirmé que oui. Elle pouvait donc partir, pour être au rendez-vous du treize.

Tout ce qui lui était nécessaire pour huit jours de vacances au soleil était soigneusement rangé. En cas de vérification des bagages à la douane, elle n'entendait pas offrir le spectacle affligeant d'un fouillis indescriptible, où slips et soutiens-gorge sont jetés pêle-mêle avec les jupes et les corsages. Dans une valise bien rangée, surtout de vêtements féminins, et de lingerie fine, le douanier, en général, n'osait pas plonger ses grosses mains. Lorsqu'un jour, à un contrôle, elle avait ouvert ses bagages, n'avait-elle pas vu un jeune douanier rougir à la vue des petites culottes de dentelle, bien étalées sur le dessus ? Et elle s'en souvient, elle était partie souriante et amusée. Le trouble du jeune homme l'avait même légèrement excitée.

Katia Volkof boucla la valise, jeta un dernier regard dans son sac à main, grand ouvert sur la table du salon. Non, elle n'oubliait rien. Peigne, brosse, rouge à lèvres et à ongles... Tout l'attirail de la beauté... Rien ne manquait. Les deux petits flacons étaient là aussi. La seringue, quant à elle, dissimulée au fond d'une poche sur le côté, ne pouvait guère attirer l'attention. Et puis quand bien même.

Les flacons étaient anodins, marqués acétone, dissolvant de vernis à ongles. Qui pouvait savoir qu'en fait c'était, dans l'un, un judicieux mélange de curare, d'acide cyanhydrique et de quelques autres substances, qui, injecté en intraveineuse, ne peut que provoquer une mort foudroyante, dans l'autre flacon un somnifère puissant ?

Travailler dans un laboratoire de recherches pharmaceutiques peut avoir parfois certains avantages. Il est facile d'y concocter des drogues très spéciales, pour cas très particuliers. La victime n'aura pas vraiment le temps de pousser le plus petit gémissement. Il suffira au préalable de lui administrer quelques gouttes de la substance soporifique dans une boisson choisie. Viviant se trouvera soudain plongé dans un sommeil si profond qu'aucun rêve ne pourrait avoir l'audace, ou l'indécence, de venir le troubler. Le somnifère l'aura rendu si parfaitement docile que Katia aura tout le temps de choisir la meilleure veine cachée du patient.

Katia Volkof fit claquer la fermeture de son sac à main en peau de crocodile. Tout était fin prêt. Elle se dirigea vers le téléphone, appela sa station de taxi habituelle.

— Pour un trajet du 15, rue de Wagram pour Orly, s'il vous plaît.

— Un instant, madame, répondit l'opératrice, je consulte la station... Dans cinq minutes, ça vous va ? reprit-elle quelques instant plus tard.

— Très bien, mademoiselle ! Parfait, merci.

Il était neuf heures. Ce soir, Katia serait à Marrakech à l'hôtel *La Mamounia.*

*

* *

Voyage sans histoire. L'avion était rempli de touristes. En ce début avril, il s'agissait principalement de personnes du troisième âge partant pour le soleil une ou deux semaines, pour oublier le ciel gris et maussade de Paris, obscurci de tous les miasmes civilisés ; partant, peut-être et surtout, pour chercher un peu d'exotisme et de rêve. La plupart faisaient partie de groupes en voyage organisé. Et pour bon nombre c'était la première fois qu'ils prenaient l'avion. Ils étaient excités et gouailleurs comme des gamins partant en colonies de vacances. Katia s'était amusée de leurs réflexions à l'embarquement, et plus encore de leurs exclamations, cinq heures plus tard, à l'arrivée à Marrakech où il faisait trente degrés.

Après avoir récupéré sa valise, Katia Volkof se dirigea vers la sortie de l'aéroport et prit un taxi pour *La Mamounia*, le plus célèbre hôtel de Marrakech, où descendent toutes les célébrités du monde. Katia était belle femme et se trouverait parfaitement à l'aise parmi cette clientèle de luxe, composée surtout d'artistes, d'hommes d'affaires, d'écrivains, et de vieux riches venant réchauffer leurs vieux os.

Sitôt arrivée à l'hôtel, Katia monta directement dans sa chambre, se fit couler un bain, et s'y prélassa longuement. Ensuite, ne tenant pas à se faire remarquer dans les salons ou les salles de restaurant, ou même pis à se faire draguer par quelque macho solitaire en mal d'amour, elle commanda un bon dîner qu'elle prit tranquillement dans sa chambre. Le lendemain matin seulement, elle contacterait son ancien amant. Elle n'avait pas du tout envie qu'il vînt l'importuner ce soir, et encore moins cette nuit. L'exécution du plan qu'elle avait minutieusement pensé et préparé ne devait poser aucun problème, à condition qu'elle restât très discrète.

Revêtue d'une très courte chemisette de nuit, couleur violine, et dont la transparence sexy mettait en valeur tous ses charmes, elle s'allongea sur le lit, en une pause impudique, et ouvrit le roman policier qu'elle avait commencé de lire pendant le voyage. Encore une cinquantaine de pages de suspense avant d'arriver au bout de l'énigme.

Ensuite un bon sommeil pour être fraîche, en forme, et surtout lucide pour la journée du lendemain.

Katia n'avait pas fermé le store, si bien qu'elle fut réveillée tôt le matin. Un soleil rouge avait surgi au-dessus de l'Atlas. En ce début de printemps, la chaîne de montagnes était encore couverte de neige. C'est l'un des plus splendides contrastes de Marrakech la Rouge que d'être dominée par cette lointaine blancheur neigeuse, et entourée, plus près, de vastes palmeraies verdoyantes.

Katia avait ouvert la fenêtre. Elle respirait à pleins poumons l'air matinal. Elle avait tout son temps. Au Maroc, les soirées sont longues et belles, aussi les villes ne s'éveillent-elles tout à fait qu'assez tard dans la matinée. Donc aucune précipitation. Elle prendrait contact avec Viviant vers neuf heures. Pas avant. Lui fixerait rendez-vous à onze heures trente. Surtout pas dans sa chambre, même s'il insistait. Elle ne tenait pas à se voir bousculer sur le lit et subir les mâles désirs de son ancien amant. Le rendez-vous serait au bar, situé au fond de l'immense hall de réception, meublé de fauteuils confortables disposés autour de tables basses, portant chacune un grand vase empli de fleurs magnifiques et fraîches, roses, glaïeuls, gerbes d'œillets...

Au cours de l'apéritif, elle se contenterait de faire habilement miroiter à Viviant que la nuit prochaine serait une nuit câline. Promis ! Et que, ce qu'elle désirait, c'est qu'ils passent la journée, tous les deux, à flâner dans la ville, surtout dans la médina, sur la célèbre place Jemaa El Fna, entre les groupes de charmeurs de serpents, de conteurs, de musiciens, de bonimenteurs, de porteurs d'eau... Elle aimerait faire aussi le tour de la ville en calèche, voir les jardins de la Majorelle, remis en état par le couturier Yves Saint-Laurent, et pourquoi ne pas faire une petite excursion dans la grande palmeraie de Marrakech ?

Tout se passa comme Katia l'avait prévu, désiré, organisé. Les femmes ont cet avantage sur les hommes que, lorsqu'elles sentent que ceux-ci les désirent ardemment, elles peuvent les mener par le bout du nez, les faire passer là où elles décident exactement qu'ils passent.

Viviant stationna son camping-car sur l'avenue de la Ménara, à une centaine de mètres de *La Mamounia*, du côté des jardins qui entourent le célèbre minaret de la Koutoubia.

Katia Volkof descendit de sa chambre à onze heures. Elle voulait être la première au rendez-vous. Inutile que Viviant la demande à la réception. À éviter même. Elle guetterait son arrivée. Elle alla s'asseoir au salon devant une petite table ronde au dessus décoré d'une belle marqueterie, une fabrication signée de l'un des meilleurs artisans d'Essaouira, l'ancienne Mogador. Dans le vase, au milieu de la table, les roses baccara étaient superbes. De cet endroit, Katia pouvait surveiller l'entrée de l'hôtel. Elle verrait Viviant arriver.

Celui-ci fut exact au rendez-vous. Katia alla aussitôt à sa rencontre.

— Plus belle que jamais ! dit joyeusement Viviant lorsqu'elle fut à quelques pas de lui.

Katia souriait. Ils s'embrassèrent. Une concession accordée par Katia. Ce serait l'une des dernières. Katia commanda un Martini dry, Viviant un whisky. Comme toujours en pareil cas suivirent les banalités habituelles sur le voyage.

— Toujours content de ton camping-car ? interrogea Katia, pour fixer la conversation.

— De plus en plus ! répondit Viviant. C'est le moyen de voyager le plus remarquable pour visiter un pays en profondeur.

Indépendance totale. Liberté absolue. Seul maître à bord.

Puis ils organisèrent le programme de la journée. Viviant était tellement heureux d'avoir retrouvé, et croyait-il reconquis, son ancienne maîtresse qu'il acquiesçait à tout ce que Katia proposait.

Déjeuner dans un restaurant typique de la médina, le *Ksar el Hamara*, situé dans un ancien palais, leur convenait parfaitement. Les tagines devaient y être excellents. Ensuite visiter les échoppes dans les souks... Et le palais de la Bahia... Les tombeaux Saadiens... Les jardins de la Majorelle... Le tour de la palmeraie... Quel programme ! Et pour finir, le soir, dîner avec spectacle de fantasia dans un restaurant installé sous des tentes caïdales, aux alentours de Marrakech.

Enfin retour au camping municipal. C'était d'accord, Katia passerait la nuit dans le camping-car. Elle semblait même heureuse de vivre ainsi ce qu'elle appelait la vie de bohême, celle des gens du voyage, à bord de roulottes.

Viviant jubilait. Ses yeux brillaient de joie intense... et de désir.

Je suis sûre qu'il bande déjà, ne put s'empêcher de penser Katia. *Le vieux satyre*. Et c'était vrai.

— Cette nuit, oui cette nuit, dit doucement Katia, pour bien indiquer qu'elle avait compris toute l'impatience du mâle.

*
* *

La fantasia de la soirée avait senti un peu trop le piège à touristes, mais, dans l'ensemble, la journée bien remplie avait été distrayante, agréable, très originale pour une Parisienne comme Katia.

La nuit était tombée. Un beau ciel étoilé. Le camping-car revenait prendre sa place au camping municipal de Marrakech. Par précaution, Katia avait quitté le siège avant où elle était assise et était passée s'installer sur la banquette tout au fond. Personne ainsi ne pourrait la voir. Il était important qu'il fût dit plus tard que Viviant était rentré seul.

Par chance, Viviant avait réservé une place à l'écart des autres touristes, et dans un coin du camp assez obscur, sous de grands arbres. Pas de voisinage immédiat. Pas de bavardages avec d'éventuels curieux. Katia avait redouté une promiscuité qui aurait pu faire échouer son plan. C'était essentiel pour elle. Elle ne devait pas être aperçue. À aucun moment.

— Ici, nous serons tranquilles pour une belle nuit d'amour, dit Viviant en arrêtant le moteur et en fermant les rideaux.

Katia souriait dans l'ombre.

— Très tranquilles, en effet, répondit-elle.

Viviant voulut aussitôt l'embrasser. Elle se laissa faire.

— Un acompte seulement, dit-elle, avant d'ajouter : si tu en avais, j'aimerais bien un petit whisky.

— Mais bien sûr que j'en ai, Katia ! Tu me vois m'embarquer dans un tel voyage sans mon breuvage préféré, dit-il, scandalisé, en sortant du frigo une bouteille de Johnny Walker, très largement entamée.

Il prit deux grands verres dans le placard au-dessus de l'évier et servit une dose généreuse. Ils s'installèrent sur les banquettes arrière du camping-car, chacun d'un côté de la table.

— À nos amours ! dit Viviant, en levant son verre.

— J'ai compté, c'est la onzième fois aujourd'hui que tu célèbres ainsi l'événement, dit Katia. Heureusement pas toutes au whisky...

— C'est que, pour moi, c'est un événement vraiment marquant que tu sois venue me rejoindre. Tu sais, jusqu'au dernier moment je n'y ai pas réellement cru. C'était trop beau. Alors je suis heureux. Tchin !

— Tchin! répondit Katia, de bonne humeur.

— Ah, un détail ! Excuse-moi. Je sors brancher l'électricité sur le secteur, pour éviter de trop tirer sur la batterie pendant la nuit, dit Viviant. J'en ai seulement pour deux minutes.

Katia le vit s'éloigner en déroulant un fil électrique entre les arbres. C'était le moment. Elle sortit rapidement l'un des petits flacons de son sac à main, le déboucha et versa quelques gouttes dans le whisky de Viviant. Le liquide se dilua rapidement après avoir dessiné une assez jolie petite étoile.

Quand Viviant revint et reprit sa place, ce fut Katia qui leva son verre la première.

— Tchin ! dit-elle. La douzième fois de la journée me revient.

Elle avait déboutonné les premiers boutons de son corsage et laissait apparaître avec générosité la naissance impudique de ses seins légèrement ambrés. Viviant, d'instinct, plongea un regard fripon dans cette vallée du désir.

— Eh bien tchin ! Tchin ! Pour la treizième fois... lança-t-il, avant d'avaler une belle gorgée de son whisky préféré.

Ce devait être aussi la dernière gorgée de sa vie. La réaction ne se fit pas attendre. Viviant s'affaissa sur la banquette, d'un coup, sans avoir eu le temps de prononcer un seul mot.

Katia le regardait. Impassible. Visage figé, hermétique. Un calme effrayant. Elle sortit de son sac le deuxième flacon, l'agita quelques instants, entre le pouce et l'index. Puis elle prit la seringue cachée dans la poche de côté de son sac et ajusta l'aiguille. Lentement elle fit monter dans la seringue la quantité du liquide qu'elle avait prévue. Elle s'agenouilla aux pieds de Viviant, remonta l'une des jambes du pantalon, baissa la chaussette et chercha une veine au-dessus de la cheville. C'était moins facile qu'au bras, mais cela n'attirerait pas l'attention. Quel médecin, même le plus curieux, irait chercher jusque-là ? Elle exécuta la piqûre avec toute l'habileté d'une infirmière confirmée. Le liquide passait bien, très doucement. La trace serait insignifiante, minuscule... Exactement comme une piqûre de cactus. Qui s'en étonnerait ? Des buissons de piquants bordent les routes, les chemins, jusqu'aux allées des jardins publics. Il y en avait beaucoup au jardin de la Majorelle.

Katia retira l'aiguille, rangea le flacon et la seringue dans la poche discrète de son sac. Puis elle releva la chaussette de Viviant et remit en place le bas du pantalon, en ajustant le pli.

— Parfait ! dit-elle.

Ensuite elle vida le verre de Viviant dans l'évier, le rinça soigneusement et le remplit de whisky, au tiers environ, avant de le placer sur la table, près de la bouteille. Enfin elle essuya la trace de ses doigts avec son mouchoir.

Jugeant alors qu'elle avait suffisamment payé de sa personne et adouci les derniers instants de son ex-amant, Katia Volkof rajusta son soutien-gorge et reboutonna sagement son corsage. La fenêtre enchantée et troublante, un moment entrouverte, était close. Viviant, les yeux agrandis par la peur, fixait des horizons inconnus. Katia lui ferma les paupières.

— Tchin ! dit-elle, une dernière fois, en portant son verre, à elle, à ses lèvres, et en le vidant d'un trait, à la cosaque, comme ses aïeux russes savaient finir une vodka.

Ensuite elle lava le verre à l'évier, l'essuya et le remit à sa place dans le placard. Tout était normal. Il devenait évident que Viviant n'avait reçu personne, qu'il avait bu seul. Katia se pencha sur lui, lui prit le poignet. Le pouls avait cessé de battre. Plus aucune pulsation.

*

* *

S'il avait pu, Viviant se serait redressé pour protester contre l'indignité de pareille mort... Quoique... Quoique mourir un verre de whisky à la main n'était pas sans panache, sans une certaine désinvolture, sans bravade devant la gueuse à la faux... Mourir les yeux dégustant avec avidité les tétons d'une belle femme n'avait-il pas quelque chose d'excitant ? Ce n'était pas là une mort ordinaire et banale... Combien d'autres sont plus monotones et stupides, et se passent de tout agrément.

Certes, il n'avait pas prévu une telle fin, et encore moins à Marrakech. Mahomet lui aura donc été fatal. Pourtant depuis trois semaines il écoutait sagement, plusieurs fois par jour, les prières récitées par le muezzin du haut des minarets. À tout prendre, cette mort n'était-elle pas préférable à celle d'un noble vieillard, hélas ! devenu débile et gâteux, ayant trouvé refuge dans un asile, et maintenu en vie artificiellement, une sorte de légume un peu ratatiné, mais cultivé avec soin par certains médecins, qui trouvent dans ce prolongement végétatif une source de bénéfices faisant vivre autour d'eux une troupe de bien-portants et de bien-pensants ?

Viviant mort, regardant sa dépouille ridicule, devait certainement avoir de belles pensées.

— Ma garce de Katia ! Si je pouvais me relever, tu verrais tes fesses rougir... Je les fouetterais avec des branches de cactus.

Mais voilà ! il était mort. Sa carcasse ne lui obéissait plus. À quoi cela lui servait-il de crier, puisque personne n'entendait ? Sa voix était éteinte... Une voix muette... Quelle dérision ! Il était annihilé... Ne pouvait ni protester... Et encore moins applaudir à la belle machination de Katia Volkof. Et dire que c'est lui, Viviant, qui l'avait choisie pour lui succéder à la tête des laboratoires Médipha. Une recrue de choix. Vraiment !

Au fur et à mesure que les minutes s'écoulaient, Viviant se sentait s'éloigner des rivages terrestres et ne devenait plus préoccupé que de savoir s'il allait monter directement au paradis – ce qui lui semblait peu probable, vu ses péchés et ses derniers crimes – ou au purgatoire, lieu de pénitence, de repentir, mais d'espoir, ou bien, solution extrême, s'il allait droit en enfer... « Ah ! Ah ! Mon gaillard, te voici enfin ! Il y a dans un coin ta troisième femme qui t'attend avec impatience... Tu sais bien, celle que tu appelais "l'emmerdeuse"... Elle n'a pas encore digéré une certaine omelette aux lardons et aux fines herbes... Et aux confitures... Va savoir pourquoi ?... Par hasard, dans cette fameuse omelette, tu n'y aurais pas mis quelques champignons vénéneux ? C'est ce qu'elle me répète sans cesse. Je suis d'accord avec toi... C'est vraiment une "emmerdeuse". Va donc t'expliquer avec elle ! Gare à toi, mon gars, quand je vais lui annoncer que tu es enfin arrivé ! Ah ! Ah ! » Et Satan ricanait en caressant sa barbiche de feu.

Et cette garce de Katia qui n'arrêtait pas de jouer à la balle... une balle qui ricochait sur trois murs, un bleu, un vert, un rouge. Paradis. Purgatoire. Enfer.

Et Katia qui tapait dans ses mains, et qui criait... L'aura... L'aura pas ? Gagnera... Gagnera pas ? Y arrivera... Y arrivera pas ? Et qui cachait ses seins dans son corsage, refusant qu'il les tète une dernière fois... La salope ne lui avait même pas offert la dernière goutte de plaisir... La dernière cigarette...

Le médecin musulman qui viendrait constater la mort de Viviant dirait avec mépris :

— Regardez ce chien d'infidèle, vautré comme un porc sur sa banquette et mort dans la débauche. Il a bu, à lui seul, les trois quarts d'une bouteille de whisky. Le païen !

Il ne chercherait pas plus avant la cause de la mort, tant elle lui paraîtrait évidente.

*
* *

Le trousseau de clés était suspendu à la serrure de la porte. Katia le vérifia. Il y avait deux clés identiques. C'était celles du camping-car. Elle en retira une de l'anneau. En partant, elle fermerait la porte à clé derrière elle. Le trousseau serait à l'intérieur. Preuve que personne n'était entré, que Viviant était mort seul, enfermé dans son camping-car.

Katia ne laissa qu'une lampe allumée. Elle écarta très légèrement l'un des rideaux pour regarder à l'extérieur. Le camp était calme et silencieux. Les touristes, fatigués d'avoir piétiné pendant des heures dans le labyrinthe des souks, devaient dormir. Elle surveillait l'entrée quand elle aperçut un car qui arrivait et s'arrêtait. Toute une bande de jeunes gens en descendait en chahutant. Elle était prête. C'était le moment de partir.

Elle sortit sans même avoir un dernier regard pour Viviant, ferma la porte à clé, et s'éloigna rapidement. Elle franchit l'entrée du camping au milieu du tumulte d'une jeunesse bruyante. Personne ne fit attention à elle. Elle avait encore la clé du camping-car à la main.

Elle faillit la jeter dans un buisson de cactus, se retint. *Non, pas aussi près,* se dit-elle. *Rien ne presse.*

Elle traversa l'avenue qui longe le camping. Une calèche arrivait. Elle était libre. Katia fit signe au cocher qui s'arrêta à sa hauteur :

— Vous pouvez me conduire en ville, près de *La Mamounia* ? demanda-t-elle.

— Bien sûr, madame, montez ! Vous allez être ma dernière cliente de la journée.

Assise au fond de la calèche, Katia se détendit enfin.

— Ce n'est pas facile de tuer, dit-elle à voix basse. Mais je n'avais pas d'autre solution. Pas d'autre. Aucune autre.

Viviant, elle le connaissait si bien, aurait recommencé ses recherches et ses expériences. Il y aurait eu d'autres victimes. Et un jour ou l'autre, fatalement, le scandale serait arrivé, aurait éclaté, éclaboussant du même coup les laboratoires Médipha. Elle, Katia Volkof, n'avait pas le droit de laisser faire... Elle devait éviter ça. À tout prix. Et personne ne pouvait accomplir à sa place ce qu'elle venait de faire. Personne. Elle avait rendu la justice. Seule. Il lui faudrait oublier.

Demain, elle prendrait l'avion de Madrid. Elle s'était renseignée. Il fait escale aux Baléares. Elle finirait sa semaine de vacances à Palma de Majorque.

Oublier... oublier...

La nuit était étoilée au-dessus de Marrakech. Une nuit claire, chaude. On n'entendait qu'un jeu de castagnettes, le bruit cadencé des sabots du petit cheval arabe qui trottinait gaiement le long d'une large avenue bordée d'orangers. Des cascades de bougainvilliers en fleurs retombaient par-dessus les murs de clôture des riches villas de ce quartier résidentiel.

Au loin, le minaret de la Koutoubia s'élançait haut dans le ciel. Et voici qu'au bout de l'avenue, à l'abri des remparts ocres de la ville, apparaissait, parmi les arbres, la grande construction blanche de *La Mamounia.*

Alors Katia se surprit en train de murmurer :

Tel l'aigle dans les cieux,
Le serpent sur le rocher,
Le navire au milieu de la mer,
L'homme ne laisse aucune trace chez la femme.

ÉPILOGUE

Le vieux juge à la retraite Auguste Floch et l'ancien avocat Hervé Kermeur se tenaient côte à côte, les mains dans les poches, debout au bord de l'Aff, et regardaient, de l'autre côté de la rivière, la maison de Viviant, à demi cachée par les grands arbres du parc.

La barque était toujours là, amarrée au ponton. Le pêcheur de l'île aux Pies ne s'en servirait plus jamais.

— Cré Dieu ! dit Floch. J'aimerais bien avoir en poche un mandat de perquisition pour aller faire un tour dans le sous-sol de la maison, et mettre le nez dans le laboratoire aux alambics.

— Et moi, répondit Kermeur, que j'aurais aimé plaider la cause du « chimiste génial » qui habitait là. Des crimes, certainement... Mais pas de traces... Pas de preuves... Une belle plaidoirie... C'était l'acquittement à coup sûr.

Chacun, pour des raisons différentes, sinon opposées, sentait monter en lui une sorte de frustration, difficilement acceptable. Deux gamins privés de dessert.

Ils commençaient à se chamailler sur les prérogatives et le bien-fondé de leurs anciennes professions respectives. L'un qui avait fait arrêter, parfois à tort, des braves gens, et l'autre qui avait peut-être fait acquitter des criminels.

— Quand même, dit Floch, en bougonnant, cette mort lointaine à Marrakech n'est peut-être pas tout à fait naturelle. Qu'en penses-tu, Hervé ?

L'ancien avocat de répondre, après un moment de réflexion :

— Que veux-tu, Auguste, peut-on savoir tout ce qui se passe au pays d'Allah et de Mahomet, son prophète ?

Armelle revenait de rendre visite à l'un des nombreux artisans de Galixt-sur-Aff chez qui, d'ailleurs, elle avait acheté un joli bijou.

Elle s'approcha doucement des compères.

— À quoi pensent les deux justiciers ? demanda-t-elle

— Les deux justiciers restent sur leur faim, répondit son frère Auguste.

— Ça tombe bien, repartit Armelle, j'ai envie d'une bonne galette de blé noir. Que diriez-vous si nous allions là-bas, à la crêperie sur la place du pont ?

Armelle n'attendit pas la réponse. Elle s'était glissée entre les deux hommes et avait passé une main sous chaque bras. Elle les entraînait d'autorité vers la crêperie du Bar Breton.

En les observant marcher ainsi tous les trois, côte à côte, il semblait qu'Armelle s'appuyait un peu plus fort sur le bras d'Hervé Kermeur que sur celui de son frère.

Reproduit et achevé d'imprimer en août 2001
dans les ateliers de Normandie Roto Impression s.a.
61250 Lonrai
N° d'impression : 012131
Dépôt légal : septembre 2001

Imprimé en France